L'AMOUR DANS LE SANG

Charlotte Valandrey

L'AMOUR DANS LE SANG

Écrit avec Jean Arcelin

Préface de Dominique Besnehard

Collection
Documents

le
cherche
midi

À mon père.
À ma mère.
À ma fille.

Préface

Je ne trouverai pas de mots plus juste que ceux de Jean Giraudoux pour parler de Charlotte Valandrey.

« Je déteste ce qui est laid, j'adore ce qui est beau.

« Si j'avais été moins têtue, je n'aurais pas quitté la maison et eu cette vie intense.

« J'adore la liberté, je déteste l'esclavage. »

Même s'il ne l'a pas connue, Jean Giraudoux a pensé, j'en ai l'intuition, à Charlotte pour écrire le monologue d'Irma la plongeuse dans *La Folle de Chaillot*.

Même lorsque Irma parle des hommes c'est Charlotte qui s'exprime :

« Il viendra, il n'est plus loin, il ressemble à ce jeune homme sauvé des eaux. À le voir en tout cas, le mot gonfle déjà ma bouche, ce mot que je lui répéterai sans arrêt jusqu'à la vieillesse, sans arrêt, qu'il me caresse ou qu'il me batte, qu'il me soigne ou qu'il me tue, il choisira... J'adore la vie. »

9

Comme Irma, Charlotte adore la vie, elle s'y plonge, souvent blessée, souvent déçue, mais sa force, son caractère et son talent d'actrice la maintiennent intacte et en font un être d'exception.

Dominique BESNEHARD

Avant-propos

Voici le roman de ma vie, puisque la stricte vérité m'est interdite par la loi, et par la peur des autres.

Peut-être me reste-t-il le droit de parler de moi ? Comment le faire sans parler des autres, de ceux que j'ai aimés ? Impossible. Alors, je dois changer leurs noms, les réinventer, les amener au bord de la vérité dans un espace flou et recommandé. L'identité des autres n'importe pas. Ce n'est pas un procès mais une réconciliation. Et puis ma mémoire est pleine, percée. Si certains détails m'échappent, le sentiment reste.

CHARLOTTE

PREMIÈRE PARTIE

Son ventre est rond, gorgé, tendu. Elle a perdu les eaux dans la nuit. Elle tient son ventre, le protège de ses mains longues et fines qui s'unissent au bout de ses doigts et forment un écrin de chair rose et moite.

Son ventre se contracte, lui roule vite, contrairement à l'habitude.

La route est glissante et brille dans le jour naissant.

Il fait froid, le chauffage tarde à marcher, elle ouvre la fenêtre et respire cet air de vie nouvelle.

Son ventre se contracte encore, elle a les larmes aux yeux, une main sur l'enfant, l'autre accrochée à la poignée. Lui roule de plus en plus vite. Ils ne parlent pas, ils avancent, supportent, attendent.

Le caoutchouc des essuie-glaces râpe le pare-brise dans un crissement régulier, la pluie irise les lumières de quartier.

Le feu rouge est passé, tout droit, ils contournent le parc, puis à gauche, là, l'enseigne de la clinique de l'avenue Michel-Bizot.

Elle marche courbée dans le couloir jaune, lui marche à côté d'elle.

On l'allonge, on lui prend le bras, lui dit de rester calme, de respirer. On l'amène en salle, la déshabille, la vêt de coton bleu passé comme les rideaux de notre maison de Bretagne.

Lui est debout, il la regarde, il ne bouge pas.

Lui dira-t-il qu'il l'aime dans cet instant, dans cette première fois ?

Lui dira-t-il qu'elle est la femme de sa vie, que cet enfant porte leur amour, que tout ira bien même s'il n'en sait rien ?

Lui dira-t-il que sa main posée sur la sienne est comme une seconde peau, indissociable et bienveillante ? Que, lui si près, rien de mal ne pourra arriver ? Que la souffrance qui viendra peut-être est aussi la sienne ? Que la voir donner la vie le fait renaître lui aussi ? Lui dira-t-il qu'elle peut crier, le griffer, le mordre si la douleur est trop vive ? Que l'enfant sera beau comme elle, qu'il aura son sourire serti de ses lèvres au contour parfait ?

Lui dira-t-il qu'il l'aime ? Qu'ils ne forment qu'un ? Qu'il l'aime ? Le dira-t-il ?

Non, il ne dira rien. Il la regardera, la portera de son regard pudique et pâle, la drapera d'un amour muet.

Son amour est à comprendre, pas à entendre.

Son ventre se contracte à nouveau, la douleur est là, le travail est long et dure des heures. Son visage est en sueur, ses lèvres sont enflées, ses cheveux courts collés, comme un chat mouillé.

Elle pousse cet enfant, lui reste dans le couloir, il attend.

– Garçon ou fille...

La tête est sortie, les épaules non, le cordon est autour du cou, la tête rougit et gonfle, la sage-femme s'agite, les forceps sont pris, l'enfant est tiré, il naît.

C'est une fille, petite, au corps violet, déposée sur elle.

Elle est heureuse, lui aussi, il l'embrasse sur le front et pense à son père, mon grand-père qui aurait préféré un garçon.

Je suis née à Paris le 29 novembre 1968 : Anne-Charlotte Pascal.

Mon père s'appelle Jean-Pierre.

Maman s'appelait Anne-Marie.

Je suis un bébé calme au fond de ce berceau translucide.

Dans la chaleur ambiante, les nourrissons sont découverts.

Au bout de quelques jours apparaissent sur mes doigts de petites taches blanches comme du sucre glace sur ma peau trop rose. Mon père s'en aperçoit et appelle une sage-femme qui passe.

– Vous ne pensez pas qu'elle a froid ?

– Ce serait étonnant, monsieur, il fait 28 degrés ! sourit la femme en blanc qui marche tout le temps sans jamais fixer son regard.

Il ne l'écoute pas et d'un geste tendre, intuitif remonte sur moi la couverture acrylique jusqu'au cou.

J'avais froid.

Le souvenir de la sensation de froid et la sortie forcée du ventre de ma mère me sont revenus il y a peu.

Incroyable souvenir.

Je suis restée frileuse, extrêmement. Le froid me paralyse comme un poison, me nuit. Je ne supporte pas d'avoir froid. C'est une douleur qui me dépasse, elle vient du début de ma vie. Ma peur du froid est incompréhensible pour beaucoup.

Lorsque je suis devenue actrice, sur les tournages, très tôt le matin, nous devions parfois nous déshabiller, nous maquiller, attendre dans des caravanes froides et pas encore chauffées. Cela m'était impossible.

Je passais pour l'emmerdeuse, je n'étais que la frileuse.

J'aimais la chaleur du ventre de ma mère. Je ne voulais pas en sortir car rien ne pouvait être meilleur, plus doux, plus calme. La vie serait forcément plus froide.

De temps en temps, lorsque je suis plus éprouvée que je ne peux le supporter, je me couche, je disparais, je me planque sous mon duvet, j'éteins tout, je forme un gâteau roulé et mou avec mon ours. Je ferme les yeux et, dans le silence, sur l'écran de mes paupières je rêve à ce ventre chaud dont je suis à jamais coupée, à ces échos sous-marins de la petite mer de ma mère, à cette formidable protection. Je reviens vers toi, maman.

J'ai toujours aimé, petite fille, me lover contre ma mère. En l'absence de baisers, de câlins, la simple proximité physique et silencieuse de ma mère me calmait immédiatement. Je pouvais rester des heures allongée près d'elle. Elle tricotait et m'apprenait en même temps, nous regardions le patinage artistique à la télévision. Ces images nous fascinaient. C'était aérien, rapide, enlevé. Les couples s'enlaçaient dans des tournoiements de volants colorés. Les numéros se terminaient toujours par des gestes tendus, les bras levés vers le ciel, imploration olympique, les genoux sur la glace et le joli sourire crispé de Katarina Witt.

Les patineurs attendaient les applaudissements et les notes sur six compliquées, avec des virgules. Maman connaissait la valeur des notes, elle les appréciait dans un mouvement de tête. Je ne regarde plus le patinage artistique.

Enfant, j'avais tous les droits, je les ai gardés.

Le dimanche je dormais jusqu'à une heure de l'après-midi sans que l'on vienne me chercher et me dise :
– Charlotte, lève-toi enfin, il est plus de midi !
Ma mère attendait mon réveil pour passer l'aspirateur.

La permissivité de mes parents m'a rendue sauvage, sans limite, sans peur, égocentrée, immortelle.
Je garderai cette conviction d'immortalité toute ma vie. Elle me rendra trop sûre de moi et me sauvera aussi.

L'amour muet de mes parents, leur pudeur excessive ne pouvaient satisfaire mon besoin vital d'être aimée. Ils ont compensé ce manque par la liberté qu'ils m'ont donnée.

Je suis arrivée un peu comme un miracle. Maman avait 37 ans. Mes parents devaient avoir peur que leur amour tardif ne puisse jamais donner vie. Alors, ils m'ont secrètement vénérée, adorée ; je l'ai compris plus tard, trop tard.

L'amour a un cadre, je n'en avais pas.

La liberté donnée à un enfant est si proche de l'indifférence.

On mesure la croissance sur une échelle, je n'avais pas ce repère. J'ai peu grandi au début de ma vie, parfois j'ai même rajeuni. Un pas en avant, un pas en arrière, mais jamais très loin de l'enfance.

J'ai pris la place qu'on me laissait, j'ai occupé l'espace, entre mon père et ma mère, je les ai accaparés. J'ai cherché le « non ! », l'interdit, la limite, je ne les ai pas trouvés.

Tout m'était permis ou presque, j'étais toute petite, toute-puissante, unique. J'avais l'égoïsme de l'enfance, je l'ai gardé naturellement, longtemps.

Ma sœur Aude est née lorsque j'avais 5 ans sans que j'y prête vraiment attention. Je pensais être fille unique. Je ne connaissais pas le partage, on ne me l'avait pas appris. J'ai découvert les autres assez récemment, leurs goûts, leurs différences véritables, les accords qu'il faut trouver, les efforts qu'il faut fournir pour vivre avec eux.

Je devais partager mon père avec ma sœur, alors j'ai préféré chercher ailleurs cet amour qui m'échappait un peu. Je ne voulais pas partager mon gâteau, il était trop beau, pas de portion congrue pour Charlotte. J'ai compensé, commencé à rêver ma vie, je l'ai peuplée de princes que je cherchais chaque jour. Pas de critère physique particulier ; si, un seul, ressembler à mon père.

Charlotte, petite princesse amoureuse éternelle, est née à 5 ans.

Je passais la plupart de mon temps chez Florence, ma voisine du dessus, et sa sœur Nathalie. Floflo fut ma meilleure amie de 3 à 11 ans. Avec elle j'étais toujours gaie, nous étions toujours heureuses de nous voir, inséparables, parfaitement fidèles.

Le visage de Florence ne ressemblait à rien de ce que je connaissais. Il était couvert de taches de rousseur intrigantes, identiques, colorées comme des points de feutre. C'est vrai, on le disait à l'école, elle avait bronzé sous une passoire ou, plus exactement, sous une friteuse, car le samedi soir mon régal, c'était les vraies frites chez Floflo.

Maman ne faisait pas de frites, ça pue, les frites.

J'ai ce souvenir pénible d'un soir où je jouais comme toujours chez Floflo. On sonne à la porte, mon père apparaît, il tient ma toute petite sœur dans ses bras :

– Charlotte, tu peux jouer avec Aude un petit peu ? Elle aimerait bien être avec vous.

– Non...

Je réponds, boudeuse, en le regardant fixement, j'ai pas envie.

Il n'a rien dit, il est reparti avec ma sœur. La porte de l'entrée s'est refermée lentement sur leurs visages muets.

Cette image m'a longtemps poursuivie, je la revois encore. Je comprenais que ce soir-là je n'étais pas gentille, je découvrais la culpabilité.

J'aurais aimé que mon père me crie :

– Tu vas jouer avec ta sœur, tu comprends ! Tu vas faire ce que je te demande, tu vas faire un effort, tu vas être gentille !

Le silence permanent de mon père fut particulièrement pesant aux moments essentiels de ma vie, quand j'aurais aimé qu'il parle. J'avais l'impression qu'il cachait un secret que rien ne pourrait dévoiler. Que chaque mot prononcé serait comme un indice, alors il se taisait. Je voulais qu'il s'exprime, qu'il m'interdise, qu'il me dise qu'il m'aimait, que ses silences, ses absences n'étaient pas contre moi, que j'existais, qu'il réagisse à moi comme la peau se rétracte sous les caresses.

J'étais tout le temps en dehors de chez nous, je jouais avec ma petite tachetée préférée et la petite bande joyeuse et bruyante des gamins de l'immeuble. On trouvait des cachettes insoupçonnées dans les escaliers, on glissait sur les rambardes, on appuyait sur les sonnettes puis on disparaissait, on faisait hurler la voisine, mademoiselle Blanchot. Seuls ses cris perçants couronnaient de succès nos entreprises.

Il n'y avait pas de vie chez moi, jamais d'invités, pas un mot plus haut que l'autre. Ce silence pour moi, c'était l'ennui, le pire, le contraire de la vie. J'étais convaincue que mes parents s'ennuyaient, alors je devais les distraire ! Je m'agitais, je riais. À table, j'étais la seule à parler, assez fort pour couvrir le son de la radio derrière moi. Je parlais de moi, seulement de moi, de la seule chose que je connaissais. J'entends encore le son de ma voix forte et le bruit léger et bourgeois des couverts dans l'assiette. J'entends mes rires sans raison qui comblaient le vide. Mes parents m'écoutaient, c'était normal, ils faisaient attention à moi.

Je m'habituais à l'attention portée, au silence des autres qui suivait mes éclats de voix. Je m'installais chaque jour un peu plus au centre, au cœur de la pièce, des regards, de la vie.

En famille, maman s'effaçait. Dehors elle était plus vive, comme libérée, elle criait aux caisses sur la dame sans-gêne qui n'attendait pas son tour.

Elle aurait pu être pianiste, elle a gagné le deuxième prix du Conservatoire de Paris. Enfant douée, elle rêvait de violoncelle. Trop petite, elle choisit le piano. Elle joua chaque jour des heures interminables, des années entières. Quand son père partit vivre dans un autre pays avec une autre femme, elle arrêta de jouer, elle trouva un travail, un vrai, pour aider sa mère. Maman ne parlait pas de sa vie avant mon père.

Elle jouait du piano lorsque nous n'étions pas là. De retour de l'école, à travers la porte, j'entendais sa belle musique qui sonnait comme des disques. Elle l'interrompait lorsque je rentrais. Je lui demandais pourquoi, elle ne répondait pas. Je n'insistais pas, j'aimais qu'elle s'arrête pour marquer mon arrivée, pour me remarquer, pour exister.

J'aimerais tant, maman, que tu joues maintenant, je ne t'arrêterais pas, je prendrais Tara, ma fille, dans les bras, nous t'écouterions, émerveillées, bercées.

Le père de ma mère, Émile Ouchard, était un luthier réputé à Mirecourt dans l'Est de la France, artisan et artiste.

Maman était très belle, claustrophobe, anxieuse, amoureuse.

Lorsqu'il l'a rencontrée mon père pensait que son amour pour elle pourrait la changer.

Maman avait cette élégance, cette allure innées. Comme le mât des bateaux à quai, elle restait toujours droite, toujours fière quel que soit le vent.

Mon père était « ingénieur dans les freins des trains », comme je disais à l'école. Il avait étudié longtemps en faculté alors que son père aurait voulu qu'il fasse Polytechnique. Papa faisait des calculs savants dans l'industrie. Il a déterminé le temps nécessaire au freinage complexe des TGV.

Lors de mon premier voyage dans ce train lancé comme un bolide, je n'ai cessé de penser à mon père, à sa tête creusée sur ces schémas compliqués. Quand finalement la machine après une course folle s'est arrêtée en gare, je fus soulagée et fière.

La famille de mon père est bourgeoise, bretonne, éclatée à Paris. J'y ai appris les bonnes manières, la tenue des couverts, la bouche fermée quand on mange, la politesse, celle que l'on dit. Maman aussi insistait et me reprenait toujours : « Bonjour, madame, au revoir, madame, merci, madame. »

L'été nous nous retrouvions tous au Val-André, station balnéaire au nord de la Bretagne, joyau de la Côte d'Émeraude. Le Val-André, c'était mon aire de jeu, la plus belle des plages, celle de mon enfance. Elle s'étend comme une vaste galette, plantée de ces maisons anglaises blanches bordées de granit gris comme le ciel onze mois de l'année.

Je porte la Bretagne en moi comme un bel héritage, un globule de sang : *Charlotte Val-André.*

Notre maison de famille c'était Ker Avalo, mon petit château à la mer, vastes fenêtres en arc ouvertes sur le large avec une barrière blanche que l'on enjambait facilement. Le bassin dans la cour était ridicule pour les grands mais immense pour nous. C'était notre piscine olympique, la seule de la digue, le décor principal de nos jeux sans frontières. J'aimais cette maison, j'étais fière, elle était si près de la mer. J'y étais heureuse.

Mon grand-père paternel, c'était Papoum, le maître des lieux, celui qui nous réunissait. Mamie s'appelait Mam. Elle est disparue avant Papoum. Il en mourut quelques années plus tard après une tentative avortée de refaire sa vie. C'était familialement incorrect.

Mon père est le seul fils survivant. Un frère plus jeune est mort à un peu plus de 20 ans d'une lente maladie qui mangeait ses nerfs. Devenu aveugle et muet, il écrivait avec un doigt dans la main des autres chacune des lettres des mots qu'il aurait aimé dire. Il ne se plaignait jamais, il croyait en Dieu, totalement, comment faire autrement ? Sa foi lumineuse était contagieuse. Elle toucha mon père qui passa une année au séminaire.

Ma grand-mère est restée des années à s'occuper de ce frère immobile et fragile. Elle a porté le décès de son fils comme un poids secret dont il lui était impossible de parler. Elle a scellé sa douleur pour continuer de vivre.

Notre maison de vacances était régentée par les trois sœurs de mon père : la dévouée, celle qui préparait les goûters, le chocolat chaud et était gentille avec ma mère ; la belle, l'amoureuse du soleil, insouciante élégante qui fut blessée par l'amour ; et la fille à papa, la fusionnelle qui cachait son admiration paternelle sous un aspect rangé, bon chic bon genre. Elle portait des cardigans bleus, des pantalons crème et des foulards Hermès. Comme son père, elle classait les gens par pouvoir d'achat et niveau d'étude

Mon grand-père était pharmacien à Pontivy l'hiver, poète l'été. Il parlait à la marée qui laisse sur le sable ces flaques, ces reflets bleu argent, bouts de ciel permanents.

Il contrôlait nos maigres pêches avec sévérité et se mettait facilement en colère pour une blague, une turbulence d'enfant, la mienne surtout.

– Qu'est-ce qu'elles sont petites, les crevettes, c'est des bébés, non ?

Je montrais du doigt en riant la pêche ridicule posée sur le buffet.

Papoum, derrière moi, éclatait :

– Elles te font rire, mes crevettes ?! Mais tu sais quel âge j'ai, ma p'tite ? Va les pêcher toi-même, nom d'une pipe !...

Papoum écumait, je filais sans bruit.

Mon père, comme son père, peut aussi s'emporter. Il éclate comme un orage après la sécheresse. C'est rare mais brutal, vital. Ses accès sont le pendant irrépressible de sa nature trop contenue, le parfait contraste avec son calme habituel. La colère de mon père est une menace dont j'ai peur. Elle est souvent latente ; sans que je puisse la voir, je la sens. Je redoute qu'il me dise un jour :

– Mais j'en peux plus, de toi ! Laisse-moi ! Disparais avec tes problèmes !

J'aime apercevoir dans ses rares colères les limites de mon père, ses contours. J'ai l'impression qu'enfin il se révèle, se libère, qu'il existe. Je voudrais le pousser à bout comme on claque les fesses d'un nouveau-né muet pour qu'il hurle sa volonté de vivre. J'ai besoin de savoir que mon père aime vivre, peut-être parce que ma vie est finalement inséparable de la sienne.

Papoum était autoritaire et j'aimais résister à son autorité, à cette inconnue. Je n'étais pas sa préférée : cette situation m'était difficile, inhabituelle. Il aimait les grandes études, je n'en ai pas fait. Ma vie d'artiste, ma vie futile ne l'intéressait pas, sauf à la fin de sa vie quand, devenu député, ses collègues lui parlèrent de moi, en bien. Alors il m'invita à déjeuner à l'Assemblée nationale.

Pour récompenser le succès au bac, il offrait une voiture à ses petits-enfants. Je n'ai pas passé mon bac, j'ai arrêté avant, cinéma oblige, pas de voiture. Au Festival de Berlin, j'ai eu un prix d'interprétation, pas de voiture. Pas de Papoum-mobile pour Charlotte.

Je me suis offert ma première voiture toute seule, une Renault 5 jaune avec un toit ouvrant. Les cadeaux que l'on se fait n'ont jamais le goût de ceux que l'on reçoit. J'aurais aimé savourer ma Papoum-mobile, j'aurais été fière, reconnue.

J'ai toujours acheté, dépensé pour vivre, combler mes manques, lisser mes cicatrices, pour exister *a contrario* des valeurs d'épargne de ma famille.

Nous avons quitté Ker Avalo, la maison au bord de l'eau, lorsque j'avais 6 ans à cause d'une histoire de famille souterraine, une histoire de plus.

Ma mère était mal acceptée, différente. Peut-être étais-je aussi difficile. Je ne supportais pas que ma mère se sente mal à l'aise, rejetée. Elle en souffrait. Nous avons dû partir.

Mon père a loué un appartement de trois pièces sans vue sur mer.

Ce fut ma première rupture, mon premier chagrin, ma première injustice. Finie la vie de grande famille, rythmée par ses repas bruyants, finis les goûters préparés par Catherine, les balades du soir sur la digue et les jeux de cartes avec l'oncle Étienne...

En partant je me suis promis, fière gamine, que je ne porterais jamais de cardigans bleu marine, de pantalon crème, que je ne serais ni bourgeoise ni ingénieur, mais différente. Je ne ferais pas « comme tout le monde », je n'appliquerais pas la devise familiale. Je refuserais ce goût viscéral et bourgeois pour la norme qui inhibe.

« Être comme tout le monde », couper ce qui dépasse, réprimer le talent, s'inquiéter des voisins, taire la sensibilité, bâillonner les douleurs.

La norme condamne à la monotonie forcée et rend amer.

Je décidai d'épouser sur-le-champ la cause de ma silencieuse, ma douce, ma différente, ma rejetée, ma mère.

Quand je serais grande, je serais assistante sociale ou pilote de chasse, femme d'exception qui zigouillerait les méchants par paquets. Je développais un sens aigu de la justice. Le soir je priais pour qu'il n'y ait plus de malheur dans le monde, pour que règne la paix, pour que les enfants n'aient plus faim.

Mon père était honnête homme et bon samaritain. À Noël, je l'accompagnais seule – j'aimais que l'on soit tous les deux – pour aller chercher des petits vieux chez eux. Nous les amenions à la crypte de l'église du Saint-Esprit. C'était le commencement de ce soir unique, Noël, où Maman buvait du champagne et servait du saumon avec un rire joyeux, où nous dînions dans la salle à manger et pas dans la cuisine.

J'étais une petite fille joyeuse, drôle, totalement dans la vie.
Tout me réjouissait, les vacances comme la rentrée des classes, les histoires de monstres, les poupées, l'achat de mon nouveau cahier de texte ou l'immuable cadeau Rodier que l'on allait choisir chaque année pour maman.

Les souvenirs de l'enfance ont longtemps été absents de ma mémoire, comme effacés, un écran blanc, un vide, un oubli volontaire et salutaire.
L'analyse psychanalytique que j'ai longuement suivie à l'âge adulte, l'expression creusée à intervalles réguliers de mon inconscient, m'a ramené des images de mon enfance oubliée, comme un *best of,* un pot-un-peu-pourri parfois.
Des images de fillette, des sensations, des situations, des bouts de vie anecdotiques qui figent à jamais l'émo-

tion, la perception de soi et des autres. Les peurs se sont imprimées, insidieuses.

Quand l'amour est sans forme, sans mots, sans caresse, le doute de soi prend corps et âme. L'enfance se fige. On se replie sur soi, on grandit mal, égocentrique, égoïste, infantile. L'égocentrisme n'est pas l'amour de soi mais son contraire.

L'amour n'a qu'un sens, on aime être aimé, on ne se demande pas si on sait aimer. Puis on rejette l'amour dont on doute comme on doute de soi, on ne se sent pas digne de l'amour, on le fait périr, un jour ou l'autre on a sa peau, on devient inapte au bonheur, insupportable, inconstructible. On casse et on recommence.

Il me faut dénouer ce doute, c'est mon travail, mon défi, je me motive, je n'ai pas le choix, je dois me battre, essayer de m'aimer pour aimer, trouver ou crever.

Je suis une combattante tendre qui se souvient, qui met des mots, des images sur les blancs, qui cherche derrière les rires.

J'aimais l'école, la maternelle, quel joli nom. Je me souviens du nom de mes maîtresses, madame Liodet, madame Choquet, que des noms en « et » ou en « ourt », des noms de maîtresses. Je ne pleurais pas pour aller à l'école mais pour en partir. Je me souviens de mes cris, des scènes qui embarrassaient ma mère.

Je ne veux pas rentrer chez moi ! Je veux rester avec les autres enfants, faire des farandoles bruyantes dans la musique, scander des chansons de grands dont je ne comprends pas tous les mots, raconter mes histoires imaginaires au milieu d'un petit cercle de bambins gobeurs d'histoires. J'aime dessiner, mettre de la couleur ou des traits noirs sur le papier, sur mes doigts ou sur ma voisine inerte, c'est encore plus drôle. J'aime comparer mes dessins, les trouver plus beaux que les autres, j'aime épater la maîtresse.

Maman est convoquée, comme chaque parent, chaque année pour faire le point, premier zoom avant sur moi :

– Charlotte est une enfant attachante, surprenante. Elle aime dessiner et chanter. Elle est très éveillée. Elle dessine des choses très colorées, gaies, elle aime beaucoup les maisons, les chiens et la mer. Alors ça, la mer, il y en a partout. Autour des maisons, sous les fleurs, aux pieds des princesses qui courent sur la plage, autour du chien... Vous avez un chien, je crois ? Parfois ses dessins sont plus sombres, emmêlés, plus abstraits. Cela dépend des jours. C'est une enfant attentive, très sensible, pleine de vie, toujours partante, très souriante. Elle a besoin que l'on s'occupe d'elle, d'être au centre de l'attention. Elle aime être touchée, caressée, elle tend souvent les bras. La vie avec les autres enfants lui fait du bien. Elle a progressé, elle est plus sociable. Elle aime l'école, cela fait plaisir. C'est normal, vous savez, que le soir elle veuille y rester. Son comportement est peut-être un peu excessif mais beaucoup d'enfants se plaisent à la maternelle, parce que c'est animé, coloré ; parce qu'ils y font plein de choses, qu'ils apprennent, ils se sentent utiles, ils ne sont pas seuls. Vous comprenez ? Charlotte n'est pas un cas isolé. Elle est peut-être un peu plus sensible ou plus démonstrative, ce n'est pas très grave. Elle est un peu boudeuse, un peu lunatique, mais rien de méchant, je vous le disais, elle est sensible, donc, forcément... vous avez remarqué ?

Ma mère écoute la maîtresse et fait oui de la tête. Elle a remarqué. Elle est un peu triste que sa fille ne veuille pas rentrer chez elle. Elle ne comprend pas. Pourtant elle s'en occupe bien, de sa fille, elle lui fait à déjeuner chaque jour pour lui éviter la cantine, elle regarde ses dessins, la félicite, elle l'habille toujours parfaitement, la lave, la peigne...

Cela lui passera, pense-t-elle.

– **E**t un ! Et deux ! Et trois. Pointes ! On tend la jambe ! Charlotte, mon chat, garde la jambe, garde-la ! Garde la pointe, c'est bien, mon chat, repose. Et un ! Et deux ! Et trois !

Mademoiselle Facourt est mon professeur de danse. Son visage vient d'un autre pays, sûrement pas de la porte de Charenton. Peut-être de la Chine ou d'une région lointaine, là-bas. Sa peau est ocre foncé. Ses yeux sont en miel, horizontaux. Comme elle est gentille, mademoiselle Facourt, elle n'a d'yeux que pour moi. Elle me complimente, je fais tout pour qu'elle soit contente, pour qu'elle me sourie. J'aime son regard sur moi, sa douceur, ses caresses, moi que l'on ne touche pas. Je suis son chat.

Aller à la danse m'apporte un bonheur scintillant.

Je m'exprime, je laisse aller mon petit corps à cette gymnastique harmonieuse, à l'effort. Je m'étonne du déploiement de mes jambes un peu raides, de mes bras courts comme prolongés, tendus vers un ailleurs.

– La fée Souplesse ne s'est pas penchée sur ton berceau, ma petite, la fée Grâce, si !

Comme les mots de mademoiselle Facourt sont étranges. Les fées Souplesse et Grâce me laisseront longtemps songeuse.

– C'est une expression ! me dira ma mère.

Je me vois petit rat de l'Opéra, étoile tourbillonnante, ivre de ma joie pure, pleine du regard de mademoiselle Facourt qui me suivra, viendra m'applaudir dans cette salle immense pleine d'or et de velours, où maman fera sonner ses belles musiques classiques.

C'est la rentrée, je me réjouis de retrouver mon professeur.

– Mademoiselle Facourt est partie, elle a déménagé, me dit-on.

– Ah oui ?

Je me tais. C'est ainsi. On ne cherchera pas mademoiselle Facourt puisqu'elle n'habite plus porte de Charenton. On trouvera autre chose plus près ou rien, cela n'est pas grave, ce n'est qu'un cours de danse.

J'aurais voulu crier :

– Mais j'ai besoin de mademoiselle Facourt ! J'ai besoin de ses caresses, de ses ordres doux, de ses compliments sur mes pointes tenues, j'aime mademoiselle Facourt et elle m'aime, elle me sourit, elle me rend heureuse, je suis son chat, son petit rat, et elle c'est mon soleil porte de Charenton !

Mais je me tais, parler ne servirait à rien, je la chercherai, mademoiselle Facourt, dans mes rêves. Je me vois arpenter chaque bâtiment, quadriller chaque étage, chaque couloir, inlassablement, avec méthode. J'avance avec la régularité d'un petit soldat mécanique. Je suis entêtée, déterminée à retrouver ma bien-aimée, ma ballerine qui doit être triste sans moi. Je rentre dans chaque salle, je fais le tour des têtes qui se ressemblent et rient en me voyant, je la cherche. Elle sera forcément là, derrière une de ces portes aux poignées toujours un peu plus hautes, prête à me sourire. Elle me dira que c'était des blagues et on reprendra où on en était, aux premières leçons d'amour.

– Mais tu fais quoi, ma petite ? me demande toujours un professeur qui m'observe en train de pousser chaque porte du couloir comme un automate.

– J'ai perdu quelque chose.

– T'as perdu quoi ?

– Je ne trouve pas mademoiselle Facourt.

– Mais elle n'est plus là, mademoiselle Facourt, plus là, plus là, plus là...

Sa voix est un écho qui résonne et s'éloigne, je me bouche les oreilles, le professeur disparaît, le petit automate s'arrête net, baisse la tête et repart en silence. Je me réveille.

Mademoiselle Facourt est partie sans un mot.

La tendresse peut donc déménager, l'amour peut être repris ?

Je continuerai de danser dans ma chambre sur des musiques de hasard, de me souvenir sans pleurer des yeux de ma disparue, de son miel.

J'aime danser, je danserai toute ma vie, toutes les nuits. Tournoyer m'étourdit.

Othello, c'est le chien de mon enfance.

Ça sonne bien, Othello. C'est un chien cultivé et noir, c'est une idée de mon père, c'est son chien, d'ailleurs, il le répète sans arrêt. Il est cocker, vieux, je l'aime beaucoup. Mais il perd la tête. Il doit avoir du sang de loup, en vieillissant il revient à ses racines.

Il a frappé hier 27, rue des Meuniers Paris 12ᵉ.

Othello a déchiqueté le pantalon de flanelle de la voisine.

Ça m'a plutôt amusée. Elle est si peu aimable, sans âge. Ses lèvres sont toujours serrées, elle me déteste. Elle n'aime pas les enfants qui bougent toujours trop et font tomber sur son plafond des objets qui résonnent dans sa tête vide. Elle déteste tout le monde, mademoiselle Blanchot, même elle-même. Elle se regarde méchamment dans la glace de l'ascenseur alors qu'elle ne s'est rien fait.

La haine qu'elle porte à Othello est, malheureusement pour elle, réciproque.

Elle n'a pas ri du tout, la voisine, elle a même hurlé, a dit maman en relatant les faits le soir à mon père. Ma mère est désolée, elle n'a pas pu retenir le chien quand mademoiselle Blanchot est sortie précipitamment de chez elle.

Le bleu marine et le sucre âpre de son parfum ont agi sur Othello comme le rouge sur les taureaux. En un instant il a exalté des années de frustration et a foncé en usant de ses dernières forces. Maman, surprise, a lâché la laisse. Les voix se sont mêlées :

– Othello ! Othello ! criait maman.

– Au secours ! Au secours ! répondait la voisine.

Moi, j'avais peur pour mon chien, pour ses vieilles dents qui bougent. Elles sont beige et marron à la base. Je joue au dentiste avec lui sans pouvoir changer la couleur de ses dents. Il se laisse faire, il grogne avec tendresse d'un râle léger et linéaire. J'ai eu peur qu'il ne s'arrache les dents sur le pantalon et les durs mollets de mademoiselle Blanchot.

Mais c'est la flanelle qui a lâché.

Le soir, je l'ai peigné et débarrassé de ses pluches bleues, insupportables traces de la voisine ennemie sur mon chien, parfaitement noir brillant et innocent.

Mademoiselle Blanchot veut porter plainte, elle est choquée. Maman aussi, dit-elle.

– Il avait l'air enragé ! Je le maîtrise de moins en moins, se plaint-elle à mon père.

Pourtant il y a de quoi être enragé. Moi je vais à l'école chaque jour, je prends l'air des heures entières.

Othello sort peu depuis ma naissance et fait depuis cinq ans plusieurs fois par heure le tour des 80 m² de notre appartement surchauffé de la rue des Meuniers. Le matin tôt il est réveillé par mes baisers étouffants, la journée il suit invariablement ma mère et écoute son silence sans le comprendre. Puis en fin d'après-midi c'est le retour de la gosse, son adorable tyran.

Toute la soirée, la discussion portera sur le prix présumé du pantalon de la voisine, son degré d'usure, le coût du préjudice. Je ne comprends pas « préjudice », mais ça sonne comme un mot grave.

Et le prix du bonheur d'avoir passé une journée animée, d'avoir ressenti la peur plutôt que rien, elle pourrait le payer, mademoiselle Blanchot ?!

Maman attend un bébé, elle est fatiguée, elle ne pourra pas tout supporter, Othello, le bébé, moi...

Tout ça me semble injuste, exagéré, je gronde Othello en le caressant.

– Tu feras plus ça, hein ?

Je hausse le ton pour que mon père entende que je prends conscience de la gravité des faits.

– Tu sais, mon chien, mademoiselle Blanchot n'a pas beaucoup de pantalons !

Je vais me coucher.

Le lendemain soir, Othello n'est plus là.

–Je l'ai emmené à la campagne, il était vieux, c'est mieux comme ça, tu comprends, mon cœur ? me dit ma mère.

Elle l'a déposé sans rien dire à personne. Je ne comprends pas, j'avale ma tristesse, je vais dans ma chambre. Othello était mon chien gentil toujours dans mes pas, ses boucles dans mes doigts.

Mon père ne sait rien. En rentrant, il fera comme si de rien n'était. Pas un mot. Son bras ne caressera pas mon chien machinalement comme depuis seize ans dans une petite flexion gênée. Il embrassera ma mère sur la joue droite, s'inquiétera du repas, lira, me sourira, la vie s'écoulera.

Sur l'avis d'une voisine bleu marine on peut être déposé à la campagne dans l'indifférence, être abandonné après une vie de gentillesse. Être gentil ne sert donc à rien ?

Un soir peut-être, mon père rentrera, je ne serai plus là. Ma mère m'aura déposée dans un lieu secret qu'elle aura oublié, fatiguée, à bout de moi. Mon père l'embrassera sur la joue, toujours celle de droite, s'inquiétera du repas, lira, ne sourira pas à sa fille absente. La vie passera comme ça, sans moi, comme si de rien n'était.

Avoir existé n'aura pas compté.

J'ai été déposée un jour, à la campagne avec ma petite sœur, chez les Dubreuil.

Un couple qui nous est présenté comme des amis.

Drôles d'amis que nous n'avons jamais vus.

Je découvre leur nom, leur existence, leur maison perdue loin de tout.

Mes parents partent en vacances, seuls « pour une fois », nous dit maman. Les Dubreuil sont disponibles pour garder les enfants, une aubaine. Les au revoir sont rapides, quelques mots seulement en guise de consignes.

Mes parents sont pressés de se retrouver, libres ?

Aude, si petite, ne comprend pas. Moi, je réalise à la vue de ces arbres hauts, de ce jardin sans fin, ces chemins sans panneaux que nous y sommes, à la campagne...

Pas de trace d'Othello, juste deux gros chats immobiles.

La femme me sourit et me trouve tellement mignonne. Le contraire n'est pas vrai. Pour parler ou pour rire – de quoi, d'ailleurs ? – elle ouvre cette large bouche remplie de grandes dents. On dirait qu'elle veut me croquer. C'est exact, elle me le dit d'ailleurs en me pinçant la joue :

– On a envie de te croquer, Charlotte !

Aïe... Je me frotte la joue, songeuse, mais bien sûr ! Ces dents, ces arbres... Dans les campagnes il y a des hommes qui mangent des enfants, je l'ai lu.

Les Dubreuil sont des ogres. J'ai pas de chance. Mes parents le savent-ils ?

Pourtant la dame a un visage plutôt gentil, si ce n'est ces dents... Je ne me souviens pas des dents de mes parents, ils ne les montrent pas. Les miennes sont de lait.

Je ne joue pas à ce que, chaque jour, l'ogresse me propose. Je goûte à peine ses gâteaux difformes. Je me tiens à carreau.

Madame Dubreuil s'étonne :

– Je suis surprise, tu es si calme, si douce, ta mère m'avait dit que tu étais un peu turbulente ?

« Turbulente » est le premier mot compliqué que j'aie appris.

Toute la semaine, je rêve d'exil, de ville, de notre square de la porte de Charenton, derrière la Foire du Trône. Je comprends que c'est là-bas chez moi, le pays du silence où tout est non-dit mais où je veux retourner.

Aude pleure comme la pluie cet automne, sans arrêt.

Moi, j'espère chaque jour que papa et maman reviendront, c'est ce qu'ils ont dit en partant. Je demande sans cesse l'heure et la date sans jamais réclamer mes parents, de peur que la dame ne me réponde en me pinçant la joue :

– Mais quels parents, Charlotte ?!

Les huit jours et demi sont passés, éternels.

Les ogres nous ont laissées sauves.

De retour mes parents, détendus, s'inquiètent de notre bonne tenue :

– Elles ont été sages ?

– Comme des images, hein, Charlotte ? me demande l'ogresse en se délectant une dernière fois de ma joue.

– On y va, papa ?

Un jour d'été, je suis invitée à passer la semaine à Ker Avalo pour jouer avec ma cousine Albane. Nous avons le même âge, elle m'aime bien, moi aussi. Pour quelques jours, je vais retrouver mon petit château au bord de l'eau. Dans le cinéma, on dit : je fais un « guest » à Ker Avalo.

Le soir, nous allons nous coucher tout en haut du château, là où le parquet blond craque plus qu'ailleurs. Les fenêtres sont plus petites mais la vue sur la plage y est infinie.

Avant de se tourner pour dormir, ma cousine me lance pour conclure une discussion existentielle de fillettes :

– Tu sais que t'as été adoptée ?

Puis elle éteint la lampe de chevet bleue assortie aux rideaux et me souhaite de faire de beaux rêves.

J'ouvre grand les yeux et fixe le plafond qui reflète les lumières mouvantes de la digue. Adoptée ? Quelle drôle d'histoire du soir. Quelle drôle d'idée drôlement tordue pour une gamine, si blonde, si angélique. Quelle drôle de

50

petite vengeance de je ne sais pas quoi qui fait mouche, pile dans mon cœur, et résonne dans ma tête. Quel est ce don de dire le mot qui fait le plus mal ?

Adoptée... C'est ce qu'on fait quand on ne peut pas avoir d'enfant ? Ce ne sont pas mes vrais parents ? Je ne suis donc pas leur fille ? C'est pour ça qu'on ne se ressemble pas... Que je suis gaie lorsqu'ils s'ennuient, que je dors quand ils parlent, que je chante quand ils dorment, que je fuis tout le temps, que j'aime leur dire non ? C'est pour ça que Papoum ne s'intéresse pas à moi, pour ça que je suis différente, comme ils disent tous ?

Ma petite cousine ne peut pas avoir inventé seule ce mot inconnu : adoptée.

Qui lui a dit ? Une grande personne qui forcément sait ce qu'elle dit ! C'est donc vrai ?

Et si je n'étais pas leur fille ? Si j'étais adoptée, rapportée comme ma mère, un truc en plus impossible à aimer ? Je m'endors au milieu de la nuit, épuisée de penser, rendue au chant de la mer qui court par la fenêtre ouverte.

– C'est des bêtises, Charlotte, qui t'a dit ça ? me demande ma mère le lendemain matin.

– Personne, laissez-moi.

Je pars tôt marcher sur la plage, mon refuge, mon lieu de fugues circulaires. Je suis une petite tache sur l'immensité plate. Fillette muette, déjà sujette au petit mépris

des autres qui pique comme un venin. Je n'ai pas d'anti-
dote, juste mon silence. Je file jusque Piégu, le petit port
tout au bout des rochers, à la fin de la plage. Ker Avalo, de
loin, semble minuscule, une toute petite maison pour
de tout petits nains.

J'ai un point de côté, l'air est un peu froid, je rentre
avec la marée. Mes yeux bleus sont gris, mes cheveux
sont trempés, je me suis lavée du petit mépris, j'ai oublié
son écho.

L'été de mes 7 ans, je suis partie en colonie de vacances à Pornichet, au bord de la mer dans la Loire-Atlantique, avec Floflo, toutes les deux, comme des grandes.

Le bâtiment où on habite est grand et blanc. Cela doit être une école. Nos voix résonnent dans les longs couloirs. Les lits sont alignés dans des dortoirs lumineux. Les moniteurs sont de grandes personnes qui offrent un cadre nouveau à mes humeurs. Ils résistent pour l'instant à mes sourires, à ma voix haute, à mes grands yeux. Ils contiennent ma turbulence.

Les jours se ressemblent, il fait souvent beau. Je découvre le café au lait et me régale de cette boisson de grands. Je m'amuse de ces « non ! » que l'on me lance, de ces « fais pas ça, va te laver les dents, dépêche-toi, range ton lit ! »

Les autres enfants sont nombreux ; pourtant je réussis au bout de quelques jours à attirer le regard des grands, à susciter leur clémence, à obtenir un traitement à part.

Je me souviens de l'insistance d'un regard que je ne comprenais pas ; j'y répondais en souriant, comme toujours.

Cette fin d'après-midi, nous sommes rentrés plus tôt que d'habitude, en petites bandes, d'une plage glaciale.

Un moniteur me tient la main, à moi seulement, Florence nous suit. Une main forte qui me mène. Nous chantons. Nos pieds couverts de sable sont de petites escalopes panées, nos seaux sont remplis de trésors d'enfant. Il faut se laver avant de dîner. Je connais le chemin des douches, j'irai toute seule, plus tard. Je vais d'abord compter mes coquillages sur mon lit, regarder leur forme, leur donner un nom, imaginer Papoum se moquer de ma récolte de pacotille qui sent bon la mer.

On me suit dans ma chambre. Je suis seule. On me regarde :

– Charlotte, va prendre ta douche !

Je file, je pousse cette porte bruyante dont la moitié est vitrée. Je fais tomber mon maillot froid à mes pieds. L'eau coule trop chaude et s'évapore. Je reste sur le bord, je suis toute nue, la porte grince, on me rejoint, grande personne près de moi.

Le souvenir reste flou, nauséeux.

Je resterai silencieuse. Comme mon père, comme ma mère, je produis le silence filial quand j'ai mal.

Ma vie si claire s'est teintée ce jour-là.

J'oublierai tout d'un bloc pour longtemps, seuls le goût et l'odeur du café au lait me seront pour toujours insupportables.

Mon enfance file au gré des classes que je passe facilement porte de Charenton. Je suis une bonne élève, vive.

L'été je suis amoureuse en Bretagne, le soleil m'ouvre le cœur. Un nouveau voisin plus grand que moi dont je connais le nom, Jade. Je l'écris sur la plage en formant des lettres immenses que je suis en marchant, j'y fais seule une marelle d'amour et cours vers la marée qui vient trop vite. Je patauge et je crie pour que l'eau s'en aille.

L'automne, je guette l'apprenti du garage sur le chemin de l'école. Il est petit, ses mains sont toujours noires, il disparaît sous les voitures. Il me sourira après quelques mois.

Cette année, c'est le lycée, Floflo n'est pas dans ma classe, elle fait anglais première langue, moi allemand, c'est une idée de mon père, la classe sera meilleure.

Jean-Paul est ce beau garçon, ce nouvel arrivant au collège Paul-Valéry qui immédiatement pique mon cœur lorsque je le vois. J'ai 11 ans et continue mon apprentissage de la traque amoureuse. Je suis aimantée. Je le suis pendant les pauses, je le frôle sans le regarder. Il est ce point humain dans la cour pleine de gosses qui concentre mon premier élan. Je ne vois que lui. J'aimerais embrasser un garçon pour la première fois.

Le soir je ferme les yeux, allongée, j'imagine embrasser Jean-Paul. Je vois mes lèvres posées sur les siennes. L'éclat de cette hypothétique rencontre charnelle me paraît encore imprécis, mystérieux. Aimerai-je ? Je verrai bien.

Les années passent. Mon corps de fillette prend forme. Mes seins sont petits, dressés, en éveil, mes hanches légèrement dessinées.

Pendant quatre ans, je ne rêve que de Jean-Paul, à l'aumônerie je le vois plus que Dieu, je suis fidèle et amoureuse, lui ne me voit pas. Je regarde son corps changer à chaque rentrée, sa taille grandir, la nouvelle coupe de ses cheveux blonds, presque longs. Il est fin, grand, il vient de pousser.

C'est presque l'été, la classe de seconde se termine. Jean-Paul finalement se réveille. Il me repère enfin, petite Charlotte détective malhabile en quête de baisers depuis l'éternité. Je décide de ne plus cacher mes élans, j'ai assez attendu. Je lui souris sans cesse, je fixe mon regard, m'arrête quand il passe.

Un des derniers jours de classe, il se dirige vers moi, tout droit, gêné mais heureux et m'invite aussitôt à boire

un Coca au bar qui fait l'angle. C'est le repaire des garçons en pleine croissance qui commandent des panachés,
grimacent sur la bière amère et toussent sur des Marlboro.
Leurs cheveux sont plutôt courts, plaqués en arrière. Ils
ont des tee-shirts blancs, des blousons qui font les épaules
carrées. Ils sourient tout le temps, ils parlent fort pour
tromper leur peur de ne pas être à la hauteur de leur vie
qui change.

Ce bar me fascine, il est toujours bondé, enfumé, plein
de grands, moi, je ne fume pas encore.

Les écoliers en sortent toujours souriants, pliés de
rire, sautillants. Il me tarde de découvrir ce lieu magique
qui transforme les timides en bouffons, les enfants en
adolescents.

Nous rentrons dans la fumée, je marche droit, la tête
fixe, seuls mes yeux roulent et observent. On me regarde,
on me jauge, je fais plus jeune que mon âge, je plais, on
dirait.

– Tu veux un Coca ?
– Je veux bien, s'il te plaît.
C'est ma boisson favorite et interdite. Maman dit que
ça donne des caries.
– Non...
Je change d'avis.
– Je pourrais avoir un diabolo mandarine à la place,
s'il vous plaît ?
Le garçon acquiesce de la tête, un peu ronchon.

– Tu vas bien ? Ça te plaît ici ? Tu connaissais ? me demande Jean-Paul.

Son ton est hésitant, sa voix est douce, c'est un homme enfant.

– Oui, ça me plaît, je suis jamais venue, je passe devant pour rentrer chez moi.

– Tu me regardes, alors ? dit-il, intrigué.

– Oui, depuis longtemps, j'osais pas.

On continuera de se dire des petites phrases courtes et sans sens, on se connaît déjà. Je sais tout de lui, la couleur de ses chemises, la marque de son sac à dos, sa gourmette avec le prénom de son grand-père.

Mon cœur s'emballe parce que je sens que nous avançons vers le baiser rêvé. Les mots ne font que meubler l'attente, ils nous laissent le temps de réfléchir au lieu de l'étreinte, aux gestes que l'on fera, aux yeux de l'autre – fermés, ouverts ? –, à ce que l'on ressentira après.

Je le veux, mon baiser, je l'espère. Jean-Paul a des yeux noisette toujours brillants et un sourire parfaitement masculin. Je découvre le velouté de son charme, sensation nouvelle. Mon ventre se plie un peu, je le désire.

J'ai beau penser, je ne vois pas où le baiser pourrait intervenir. Pas ici, pas chez moi. J'habite à deux pas et il n'y rien entre ce bar et la rue des Meuniers.

Il faudrait une plage, un gros arbre, une chambre, une porte, un décor pour se souvenir, une petite barrière pour cacher le baiser, pour qu'il ne soit qu'à nous.

Jean-Paul se lève de la banquette en skaï un peu déchirée, sort un billet de dix francs du cache plastique de sa carte orange et paie l'addition inscrite sur le petit ticket. Il laisse un pourboire, il semble sûr de ce qu'il fait, il m'impressionne. Il me prend la main, nous sortons et croisons quelques clins d'œil qui m'amusent.

Nous marchons silencieux. Mon cœur frappe mon corps comme un ressac. La main de Jean-Paul est humide, elle exerce sur la mienne des pressions irrégulières. Mon petit prince est déterminé et timide.

On trotte, il me sourit, je le suis avec délices. Nous sortons du chemin qui mène à la rue des Meuniers, nous filons vers le métro de la porte Dorée. Maman va s'inquiéter, tant pis, j'inventerai une histoire. Nous passons la station de métro, puis l'avenue Daumesnil, nous arrivons au musée des Arts africains.

C'est un pilier massif et haut qui sera notre paravent. Jean-Paul pose son sac, me sourit éternellement, je n'ai pas peur. Les choses importantes se passent naturellement. Il vient à moi, me serre dans ses bras. Sa bouche est au niveau de mon front. Je tourne la tête et la plaque sur son épaule. J'entends battre son cœur... embrasser, c'est la vie ?

Il saisit mon visage dans le plat de ses deux mains ouvertes, il avance ses lèvres pour unir nos sourires. C'est un velours tiède qui bouge à peine et laisse sur ma bouche un voile frissonnant. Nous bougeons lentement.

Sa langue, petite limace douce, touche ma langue élec-trique. Nous fermons les yeux. C'est mieux que dans mon rêve. C'est plus tendre, plus chaud, plus facile.

Je rentre en courant après un dernier sourire. J'oublie un instant où j'habite, je saute en l'air.

Maman n'y verra que du feu, moi aussi, un petit feu qui me consume.

Le lendemain, il me retrouve, il veut qu'on soit ensemble encore, il veut m'emmener au musée des Arts africains. Je ne veux pas. Je n'ai plus envie. Il ne comprend pas, il a les larmes aux yeux, moi aussi.

Je ne peux pas vraiment expliquer pourquoi, c'est en moi. Je me replie sur moi. J'ai peur. Peur que le deuxième baiser me rappelle à jamais que le premier n'existera plus ? Que la suite sera forcément moins belle que le début ? J'ai peur de mon cœur qui s'emballe, de mes lèvres qui s'attachent. Je reste aimantée à lui mais je refuse de le suivre, de dépendre de son sourire, d'attendre ses baisers.

Je ne veux pas croire à son amour et qu'un jour il me dépose quelque part en me disant que c'est mieux comme ça, qu'il préfère embrasser une autre fille, que ce n'est pas grave.

Je préfère ne pas continuer, me détacher, me clouer le ventre mais ne pas aimer davantage.

Je pressens la souffrance de l'amour, je connais son absence.

C'est l'hiver, Paris est froid. Je marche, je vais au lycée.

On m'interpelle :

– Mademoiselle ! Mademoiselle !

Je me retourne et réponds :

– Oui !

– Excusez-moi de vous déranger, cela fait plusieurs fois que je vous vois passer. Je suis photographe, je fais des photos de mode, des reportages, j'aimerais faire des portraits de vous.

Je m'amuse de cette irruption inattendue dans ma balade habituelle de lycéenne.

– Ouais, je sais pas, c'est sérieux ? Faut voir avec mes parents, c'est eux qui décident.

Je lui donne leur numéro. Il appelle, il est photographe free-lance, mes parents acceptent.

La séance photo en studio est amusante. Il y a des panneaux blancs qui donnent cette lumière indirecte et unifient le teint.

– Charlotte, fais ci, Charlotte, fais ça, souris davantage, regarde à gauche, mets la main dans tes cheveux, boude, regarde-moi comme si tu avais un message pour le monde !

Les photos sont réussies, pourtant j'ai l'impression que ce n'est pas moi. Cette mise en valeur, ces poses, ces expressions, je ne les connais pas. C'est très différent du visage que je vois dans ma glace. Je ne pose pas pour moi. Je n'ai jamais fait l'actrice devant mon miroir. Je me souris tout au plus, me regarde dans les yeux, bien au fond, pour essayer de percer ce que j'y vois. Je me fixe, je rentre en moi mais pas de main dans mes cheveux, pas de moue boudeuse, pas de bouche sensuelle.

Pas de suite aux photos. Juste un bel album et un joli cliché que j'aime particulièrement, un peu raté, un peu flou, où j'amorce un mouvement de la tête qui me donne vie, qui n'est pas figé. Cette photo me ressemble.

« **R**obin Davis cherche acteurs débutants 12-18 ans pour son nouveau film. » C'est l'annonce que me lit Béatrice, ma nouvelle meilleure amie, à la terrasse d'un café.

– Pourquoi t'envoies pas une photo ?

Bof, pourquoi pas, je ne sais pas vraiment de quoi j'ai envie, je suis adolescente, je me laisse porter. Mon avenir ne se dessine pas dans ma tête, je continue, je passerai en première S, on verra bien. Mes projets professionnels ne sont plus aussi clairs. Je n'ai plus l'âme d'une assistante sociale. Saurai-je vraiment m'occuper des autres ? J'aimerais un travail différent, gagner ma vie en m'amusant, en étant professionnellement unique. Vous faites quoi dans la vie ? Je suis unique. Ça doit faire bien sur un passeport. Ou amoureuse, c'est pas mal aussi. Anne-Charlotte Pascal, née le 29.11.68 à Paris 12ᵉ, profession : amoureuse.

Je rêvasse. J'enverrai une photo, le cliché raté que je garde sur moi avec au dos mon nom, mon âge et le téléphone de mes parents.

– Charlotte, tu as posé ta candidature pour un film ? me demande ma mère.

– J'ai envoyé une photo il y a deux semaines, ils cher-chaient des ados, c'est Béa qui m'a dit de le faire.

– J'ai reçu un coup de téléphone, ils veulent te voir. Tiens, je t'ai écrit l'adresse, j'ai dit que tu pourrais peut-être y aller mercredi.

Je regarde ce papier avec étonnement et nonchalance.

J'irai, je n'ai rien à faire mercredi.

Je rencontre Dominique Besnehard, il est directeur de casting. Ça sonne bien, « casting ». « J'ai fait un casting », c'est pas commun. Les autres diront j'ai été au cinoche, moi, je dirai :

– J'ai rencontré le directeur de casting du film *Hors la loi* de Robin Davis.

Je fais ce qu'on me dit de faire. C'est amusant de rire sur demande, d'être triste, de s'emporter. C'est étrange, c'est comme un mensonge un peu vrai, c'est pour de faux et à la fois je sens que ça vient du fond de moi, je ne mens pas. Trois personnes face à moi qui mêlent intérêt et fatigue. Je leur raconte ma courte vie, mes hobbies, mon chien, le lycée. Je dois être la cinquantième adolescente aujourd'hui, le couloir est encore plein.

Je vois la caméra, elle ne me dérange pas, un œil de verre, un œil de plus qui me regarde. J'aime l'attention portée sur moi. Je me sens plus vivante, plus intéressante, un peu aimée. Malgré ma désinvolture, je ressens que c'est un moment important, un instant où ma vie peut prendre forme. Je bouge, je parle, je suis nature. Que je leur plaise ou pas, c'est pareil. C'est l'impression que je donne pour rester libre. Mais au fond j'aimerais bien leur plaire. Comme tout le monde, j'aime plaire, c'est même un point de vulnérabilité, comme un endroit du corps où la peau serait plus fine, sans résistance, sans muscle, comme un voile directement posé sur le cœur.

Les essais se prolongent, ça me semble plus long que pour la jeune fille avant moi qui est sortie avec cette tête dépitée, un peu triste.

Je semble les intéresser, ils se réveillent un peu, leur lassitude disparaît, ils étaient en veille, ils me détectent, me détaillent.

Dominique me dit quelques phrases du film auxquelles je dois répondre de plusieurs façons. Il a l'air gentil, il veut m'aider à jouer, à plaire aux deux autres, je lui plais déjà.

Je sens ce qu'ils attendent de moi. Je le leur donne, je m'adapte, je me transforme, c'est facile. J'ai toujours fait plus qu'être simplement moi-même, persuadée que moi seulement, je ne suffirais pas à retenir l'attention, à prendre un peu d'amour dans mes filets. Alors j'ai forcé le trait, j'ai accentué ma nature, j'ai parlé, ri plus fort pour qu'on entende ma voix.

Les essais sont concluants. Je leur plais. Mes parents refuseront, le scénario est trop violent. Pas grave. J'exigerai que mon argent de poche augmente un peu pour compenser.

J'ai 15 ans. Alexandre aussi. Il est gentil, élégant, prévenant, tendre, beau, de bonne famille. Il participe au seul rallye auquel j'aie jamais participé, il est dans la classe de mon angélique cousine. Il a des manières un peu féminines qui ne me déplaisent pas, raffinées. Il me prend la main, me caresse le bras, s'aventure à me toucher la joue, me laisse de temps en temps des baisers silencieux dans le cou. Tout est léger comme l'air ce printemps-là. On se voit tous les mercredis et samedis, on passe notre temps au téléphone, maman me demande tout le temps de raccrocher. Nous passons nos journées ensemble, au Champ-de-Mars, au Luxembourg, on joue au tennis. Le soleil brille, nous buvons des cocktails colorés à Saint-Germain-des-Prés, nous dansons. Il porte un pantalon beige ou un jean bien repassé, une chemise bleu ciel et un foulard qu'il noue à son cou. Il a une chevalière en or avec des armoiries et une montre plate avec un bracelet en vrai cuir, comme celle de mon père.

Je suis bien avec lui, je suis libre. Je m'amuse, je réponds à ses sages caresses comme une chatte. Je mène, il me suit.

Parfois je vois ses pieds bouger sans cesse, son visage se tirer sans savoir pourquoi.

Un soir, il me raccompagne, nous marchons main dans la main, on s'embrasse et se dit à tout à l'heure au téléphone.

On parlera longtemps, mais sa voix est changée, je n'écoute plus ce qu'il me dit, seul le ton sa voix inconnue résonne.

On se verra le lendemain.

– Charlotte, on va arrêter de se voir, je t'aime trop.

Il embrasse mes mains, pleure puis arrête brutalement et s'en va.

À mon tour de pleurer. Comment peut-on trop aimer ? Comment peut-on laisser celle que l'on aime trop sans rien lui demander ? Il est parti, il a voulu gardé un lien, il m'a écrit deux, trois lettres, moi, j'ai guéri mon chagrin. Je ne l'ai jamais revu.

Quelques mois après, j'ai appris qu'Alexandre s'était donné la mort le jour de mon anniversaire. Il a emporté avec lui son mal-être et le mystère du trop-plein d'amour.

Les grandes vacances à nouveau. Mon père a fait construire une maison d'exil sur les hauteurs du Val-André, à Pléneuf.

Elle est simple, rectangulaire, unique avec ses vieilles pierres, chaleureuse, elle est à nous. Il y a une grande cheminée. Le crépitement des braises remplacera le bruit des vagues à portée de main.

Le Val-André est l'écrin inchangé et lumineux de ma jeune vie. J'aime ses marées hautes quand la mer menace la digue, j'aime le claquement des filins sur les mâts métalliques des dériveurs, le cri des mouettes qui ne pourront jamais choisir entre la terre et la mer, la fabrique de sucettes. Cette cabane jaune au croisement de la ville, où des pâtes de sucre épaisses, multicolores et nacrées sont pétries sans fin et font baver les gamins.

Je termine l'été en buvant des Coca, toujours, en traînant sur la digue. Je m'agite, je pense à Alexandre, je trompe l'ennui, je me défoule. Je fais des roulades sur la plage, je m'amuse.

Adolescente, je sors déjà la nuit en bande pour aller danser.

Je suis charmeuse, allumeuse pour certains, peut-être. J'ai l'arrogance d'une très jeune femme, je suis jolie, en devenir.

L'enfance passe un peu. Je décide de me concentrer sur moi, sur mon plaisir, de faire plein de sourires auxquels personne ne résiste. J'expérimente ma séduction en germe.

Sur la piste de danse, je rencontre ce garçon de 20 ans, qui transpire. Il bouge beaucoup, il est exubérant, il porte un Perfecto rouge. Il est gourmand, direct, sûr de lui, de son désir évident. Il m'enlace, me fait tourner, me colle. Il me presse. Toute la nuit, il m'embrasse, un peu soûl, il est sur moi, je me dérobe, je reviens, j'ai envie de lui aussi. Je rentre chez mes parents, je m'excuse, je fuis.

On se retrouve le lendemain, même musique, mêmes corps qui jouent, qui se veulent. *Cargo de nuit*, on danse jusqu'au jour, je mélange un peu mon éternel Coca, lui boit du gin. Son envie de moi est palpable. Il a envie de mon corps, désir fort, masculin, ciblé. Je l'aime un peu, tant mieux.

Je veux quitter l'enfance, l'effacer par un acte adulte irrémédiable. Faire ce dont on ne parle jamais chez moi, ce qui n'a jamais retenti dans le silence de nos chambres. Le faire comme si cela n'était pas important, une simple transition. Je veux passer cette étape pour que ce soit fait.

On l'a fait. Sans plaisir. Mauvais souvenir.

J'ai entendu pour la première fois ce râle aigu, furtif de la jouissance de l'autre, comme un pleur d'enfant. J'ai ressenti le soubresaut final, venu du bout de son sexe, qui nous a désunis et laissés chacun seul.

Ma peau a immédiatement réagi à ce rapport rugueux. Mon sexe, mon ventre sont à vif, douloureux. On ne peut pas me toucher.

Mon père m'a accompagnée tôt le matin chez le médecin. Il est un peu perdu.
– Tu vas bien ? Tu as fait attention ?

Attention à quoi ? Je ne sais rien, personne ne me dit rien.

Je me suis débrouillée, j'ai grandi toute seule avec mon corps formé, mes désirs nouveaux et ceux des autres.

Je n'ai jamais revu ce garçon, il n'a jamais pris de mes nouvelles.

Bizarrement, j'étais la même, inchangée, en attente.

Le sexe ne m'avait rien donné, j'étais déçue.

Le soleil du mois d'août est brûlant, ce n'est pas si fréquent au Val-André. Chaque jour je fais Nadia Comaneci. J'exerce mon corps sur le haut de la plage, là où le sable est sec. Je fais la roue, le poirier, je me casse la figure, je bouffe du sable, c'est drôle, je cours, je nage, je joue, je suis énergique, galvanisée par l'été, le sel dans l'air presque chaud, par l'odeur entêtante des algues que la mer a ramenées. Je suis parfaitement insouciante, entourée d'amis d'enfance, rieurs comme moi, Barbara, Thierry, Caroline... Je suis portée par la lumière, en vie.

– Charlotte ! Il y a un télégramme pour toi ! me crie ma mère de la digue.

Elle est descendue de Pléneuf pour me le dire, elle me cherchait, la plage est grande, pourtant je reste toujours dans ce même périmètre, le jardin de sable que j'ai délimité dans ma tête face à mon ancien château.

Ça a l'air urgent, je grimpe sur la digue et lis : « Véra Belmont, réalisatrice de cinéma, veut vous rencontrer. Merci de prendre rendez-vous au 16 1 42 33 44 35. »

Elle a dû voir les essais que j'ai réalisés pour Robin Davis. Je l'appellerai et partirai pour Paris deux jours après.

27 août 1984, métro Saint-Philippe du Roule, j'arrive au rendez-vous, ma famille est restée en Bretagne, je leur ai dit que j'étais grande, que je pouvais y aller seule.

Je suis partie, je me suis échappée.

J'ai le télégramme dans la main et le sourire aux lèvres.

L'été étouffe Paris, moi, je respire. On veut me voir, on m'attend, on me désire.

Elle s'appelle Véra Belmont, elle est metteur en scène et productrice, je ne la connais pas, mes parents non plus. Elle veut faire un film, peut-être avec moi, c'est tout ce que je sais, elle cherche sa Nadia depuis quatre ans.

La porte est grande et lourde, sans code. Clic sourd, je pousse. « Antoine Films Productions 5e gauche. »

L'ascenseur est étroit et ne me plaît pas. Je foule le petit tapis rouge sur les marches de marbre poreux. Mes pas sont lents, accentués, je suis gaie, je rêve, mon cœur s'emballe un peu.

Dring, dring, la porte s'ouvre toute seule sur un long couloir, je marche jusqu'au bureau de son assistante.

– Bonjour, j'ai rendez-vous avec Véra Belmont.

– Elle vous attend.

Je rentre dans son bureau et reste debout. Elle m'accueille d'un grand «bonjour, Charlotte !» tendre et viril. Elle me fixe, me renifle, me regarde marcher, s'amuse de mon silence, de ma surprise.

La pièce est grande, il y a beaucoup de photos, des affiches de cinéma, pas beaucoup de lumière.

Elle est seule et assise face à moi.

Je l'air de lui plaire, elle ne me quitte pas des yeux. Elle me fait parler, me complimente sur mon sourire, mon regard clair et vif.

Le cuir du fauteuil est craqué comme dans le bureau de mon grand-père, je le caresse. Mes doigts suivent ses fissures comme on lit la carte d'une terre étrangère. Je regarde Véra en coin puis de face, je tourne la tête. La fenêtre haute livre un pan de lumière oblique qui donne au moment cet éclairage divin. Des volutes de poussière tournoient et forment dans le contre-jour une petite galaxie rien que pour moi.

– Tu es spontanée, tu as une vraie nature comme moi. Tu as l'insolence des enfants qui n'ont pas peur, c'est important pour la Nadia que je cherche. Tu es rayonnante !

Comme un soleil ? Je pense que je suis un petit soleil. Je ne suis pas habituée aux mots tendres. Cela me paraît un peu beaucoup. J'apprendrai que les gens des arts ont ce sens du compliment excessif comme un code, une surenchère, une exaltation. Dans cette meute d'egos, il faut se faire entendre, l'excès différencie.

– Charlotte, dis-moi tout ce qui te passe par la tête !
– Pourquoi je suis ici ?
– J'ai vu les essais de Robin Davis, tu m'as plu.
– Faudrait des spots ici, un peu de lumière, on dirait le bureau de Papoum. Faudrait refaire la peinture, aussi !

Je rigole, elle sourit.

– Véra, c'est votre vrai nom ? C'est joli.

Je me tais.

– Parle-moi encore.
– J'adore Higelin, vous connaissez ? Véronique Sanson et Téléphone aussi. Cet été, j'ai eu deux amoureux, j'aime bien être amoureuse.
– Tu aimes le cinéma, Charlotte ?
– Ouais... c'est-à-dire... j'ai vu deux fois *Grease*...

Je sèche, silencieuse...

– Quand j'étais petite, j'ai vu *Pinnochio*, mais j'ai tellement pleuré que je ne voulais plus retourner au cinéma.
– Tu voudrais être ma Nadia ?
– Ben oui...

Je rigole.

– Je vais te raconter le film, en gros c'est l'histoire d'une jeune militante communiste qui tombe amoureuse d'un journaliste. Tu joueras une petite coco. *Rouge baiser*, c'est le titre, rouge pour coco, baiser pour l'amour.

– Chez moi, c'est plutôt Coco Chanel et bleu marine !
Je l'amuse.

– J'ai envie de faire le film avec toi, Charlotte, ce rôle
t'ira bien, c'est un peu l'histoire de ma vie, tu es contente ?

– Vachement, super-contente ! Ça commence quand ?
Parce que je reprends l'école le 12 septembre, puis faut
parler avec mes parents, faut pas de violence, pas de
scènes osées, ils n'aiment pas.

– Tu t'appelles Charlotte Pascal, c'est ça ?

– Oui, pourquoi ?

– Faudrait te trouver un nom un peu plus original, qui
te colle à la peau, plus exotique comme un voyage, qui
fasse rêver, tu comprends ?

Un nom comme un voyage ?! Je pense Charlotte Air
France, je ris.

– Je vais réfléchir, j'en parlerai à mon père.

Véra Belmont viendra au Val-André pour faire des
photos et des essais caméra. Sur mon sourire de cire il y
avait écrit : c'est moi et personne d'autre !

J'appelle mes parents pour leur annoncer la nouvelle,
ils sont contents, sans plus, un peu inquiets. 15 ans, c'est
jeune pour faire du cinéma, tôt pour rentrer dans ce
monde adulte totalement inconnu.

Je suis repartie en Bretagne, je flottais, ma peau était
un velours qui glissait dans l'air tiède, mes mouvements
étaient ralentis, je riais comme on fête une jolie victoire.

Je vais faire du cinéma. Pendant deux mois, je jouerai la comédie. On me chouchoutera, on me regardera, on me fera la cour. Je rencontrerai plein de gens qui me feront des compliments excessifs et je les croirai.

Mes amis, ma famille s'intéresseront à moi. On dira :

– Charlotte est actrice, artiste, elle a toujours été différente, vous savez...

Je serai unique, reconnue comme telle, à part définitivement.

J'étais loin d'imaginer qu'être actrice deviendrait mon métier et qu'à défaut d'études j'apprendrais sur le tas.

Dans le train Corail qui me ramène, je colle mon visage à la fenêtre. Le double vitrage renvoie une image grossie de mes yeux, de mes cils – je suis rayonnante...

Dehors la campagne défile, les vaches changent de couleur avec le décor, j'ai l'impression qu'elles me regardent.

Au Val-André l'automne est tombé sur la plage en quelques jours, doucement. Le soir, le sable dore comme le pain sous le soleil rasant. La mer a foncé.

On met un pull pour flâner sur la digue, je raconte mes histoires à mes cousines sur les bancs en dur. On donne des notes aux passants, de 0 à 20, on jette des bombes à eau de Ker Avalo, Papoum gueule, on traîne sous les lampadaires qui bordent la baie immense et forment un collier de strass qui fige mon regard.

Je m'appellerai Charlotte Valandrey, c'est ici mon voyage.

Les mouettes sont des points d'écume qui percent la nuit. Elles crient, elles me parlent comme les petites fées dans « La Belle au bois dormant ». Que prédisent-elles ?

Dans une semaine, on rentre à Paris, les vacances sont finies, mon enfance aussi.

DEUXIÈME PARTIE

Six heures du matin. Maman rentre dans ma chambre à pas de chat. Elle fait glisser le drap qui me couvre et me regarde. Elle hésite à me réveiller. Et si on laissait tout tomber ? pense-t-elle un peu anxieuse. Elle contemple sa petite qui s'en va faire la grande. J'ai poussé dans la nuit. Ma mère revoit la gamine qui pleurait pour rester à l'école, les chasses aux galets sur la plage, la petite balle-rine aux yeux fiers, sa fille déguisée en Bretonne dont la photo est sur le piano. Des images de moi qui défilent dans sa tête, le passé de ma mère qui se résume au mien. Se souvient-elle de son beau visage de jeune femme, du regard de mon père le jour de son mariage ? Elle n'a vécu que pour moi, que pour Aude. Le temps est passé, elle a fait de nous le sens de sa vie.

Maman m'embrasse sur le front, c'est mon réveille-matin, le seul que je supporte. Elle caresse ma joue, fait descendre lentement ses doigts sur mon visage, mon cou et prend mon épaule dans sa main.

– Charlotte, réveille-toi... susurre-t-elle. Ils seront là dans moins d'une heure...

J'ouvre les yeux, je m'imagine être une résistante qui se lève à l'aube pour accomplir une mission secrète.

Maman se fond dans le silence de la nuit qui n'est pas finie et prépare mon petit déjeuner. J'ai l'impression qu'elle n'a pas dormi, elle doit être inquiète et heureuse à la fois. Aujourd'hui est mon premier jour de tournage. Les matins d'hiver sont hostiles, je déteste me réveiller dans la nuit, pour quoi faire ? J'ai besoin d'être réchauffée par la lumière.

C'est ça, être actrice, se lever aux aurores ? Ce sera comme ça tout le temps ? Et les grasses matinées dans des draps de satin, c'est pour quand ? Je suis ronchon, je mâche mollement ma tartine, le beurre dans le lait chaud fait des petits ronds dorés que je déforme, maman s'assure de l'épaisseur de mon pull, cela m'agace.

Ils sont en bas, c'est l'appel de l'aventure qui m'excite.

Un assistant de la régie parfaitement réveillé me sourit et m'ouvre la portière arrière d'une Renault hors d'âge, j'éclate de rire, la journée commence.

– On m'avait dit que vous auriez une casquette !

Il ne comprend pas que je blague, il a raison en fait. C'est ridicule de m'ouvrir la porte arrière d'une bagnole à moitié pourrie à 7 heures du matin dans la rue des Meuniers déserte et glacée. J'imagine mademoiselle Blanchot le nez collé aux carreaux, pour une fois morte de rire. Je lève la tête machinalement sur l'immeuble éteint et m'engouffre dans ma limousine. Je monte à l'avant, j'aime pas quand ça fait chauffeur.

Quartier de la République, quelques caravanes, de grands projecteurs qui font le jour dans la nuit.

– Bonjour Charlotte, ma chérie ! Comment va ma petite Nadia, ma communiste préférée est bien réveillée ?

Véra Belmont m'accueille chaleureusement.

– Tu as ton texte, ma chérie ? Bien ! Alors, tu vas au maquillage, tu t'habilles, on va tout t'expliquer, on se revoit tout à l'heure...

Elle disparaît en souriant, charmeuse et occupée.

Lambert Wilson vient me dire bonjour, il m'embrasse comme si nous avions passé ensemble tous nos étés sur la plage. Tout le monde s'embrasse ici, c'est étonnant, c'est merveilleux, tout le monde s'aime au cinéma. Ce n'est pas vraiment la mode dans ma famille, la réserve est de mise chez les Pascal, on s'effleure, on s'accole, on ne se bécote pas ! Pourtant je prends vite le pli et bise à tout-va, ça me réchauffe ! Des bisous appuyés claquent de tous côtés. Je pense à ma tante qui tend la main à la terre entière et embrasse du bout des lèvres.

J'ai déjà rencontré Lambert, on a déjeuné ensemble, il semble gentil. Il y a sous son élégante arrogance une réelle douceur, il est sûr de lui et si peu à la fois, comme un gamin qui se convainc d'être grand, je l'aime bien.

Nous tournons aujourd'hui les scènes de manifestation. Il va falloir gueuler, ça tombe bien, ça me plaît. Je parle fort, chuchoter me paraît inutile. J'aime que la vie résonne. Je brandis ma pancarte et hurle avec plaisir, je sautille pour tromper le froid, je joue avec les faux pavés, je discute avec les figurants. Je n'ai pas le trac, ça sert à quoi ? J'y vais, j'avance, ça tourne ! À la fin des prises, on fond sur moi, on me recoiffe, on me retouche, on s'inquiète de moi, je suis le petit centre d'attention, le bébé du film, tout le monde se penche sur mon berceau, ça me plaît. On s'intéresse à moi, enfin ! Je retrouve dans certains regards la tendresse protectrice de mes professeurs d'école. Seule Véra détonne. Elle est plus passionnée, volontaire que tendre. Elle s'étonne de ma résistance, elle m'a pourtant choisie pour ça, pour «l'insolence, l'agressivité, le côté abrupt» de mon caractère, disait-elle. Elle est servie. Certains mots sonnent mal dans ma bouche, il y a des gestes que je ne sais pas faire, alors je râle, je refuse, j'avance à reculons, je propose des changements radicaux, je fais front contre vents et marées, je laisse libre cours à mon tempérament de Bretonne ! Véra est médusée, parfois elle devient folle, elle hurle, enrage puis elle m'embrasse. Elle m'aime et me déteste.

Elle se voit dans mon reflet. Je joue sa vie. Nadia, c'est elle. Elle m'a rêvée, elle m'a en tête. Chacun de mes gestes doit reproduire avec rigueur les images qu'elle retrouve, plus précises au fil des prises. Elle sait ce qu'elle veut, elle hésite parfois sans le montrer. Elle donne confiance, elle s'impose d'être sûre d'elle ; forte, elle l'est, pudique aussi. Je la sens émue. Elle a un compte à régler et son amour à dire, à sa mère.

Pendant deux ans elle sera pour moi comme une deuxième maman, puis plus rien, tout s'arrête vite au cinéma, brutalement, tellement parfois que l'on a l'impression d'avoir rêvé ; il est là, le monde du rêve.

Aujourd'hui, les choses se corsent. Je dois pleurer. Je n'en ai pas envie. Qui a envie de pleurer comme ça sans raison après une heure de fou rire avec la maquilleuse qui m'informe chaque jour des nouveaux potins ? Je ne pleure que lorsque je suis amoureuse ou blessée, c'est ma nature de tendre pleureuse, l'expression la plus simple de mon cœur d'artichaut. J'aurais dû le marquer dans le contrat : « Ne pleure pas quand tout va bien. » La tâche est impossible. Rien à faire. Même les oignons me font rire en repensant à ma mère irrésistiblement noyée au-dessus de l'évier. Rien ne marche. Véra est pensive. Cette petite peste mutante n'a donc pas de larmes ?! Elle tente le tout pour le tout :

– Mais rentre chez toi ! T'es nulle ! Mais pourquoi je t'ai choisie ?! Y en avait des centaines mieux que toi ! Mais merde ! Allez, rentre chez toi, je t'ai assez vue, t'es trop nulle ! File !

Ça marche, je pleure, on ne m'arrête plus.

– Coupez !

Véra s'excuse, me prend tendrement dans ses bras.

– Ma chérie, mais c'est pas vrai... tu sais bien que je ne le pense pas... tu étais magnifique !

C'est donc juste pour me faire pleurer ? Quel monde cruel ! Je pleure de plus belle. Cette hystérique faussement tendre m'insulte puis m'embrasse avec la même force. Je suis chez les fous, pire, chez les malins, où la fin justifie les moyens !

J'aime bien mon texte, finalement, je l'apprivoise, il est joliment ciselé, il sonne juste. Je me souviens d'une phrase, quand Lambert me ramène chez lui inconsciente après la manifestation, tabassée par les flics. Il me soigne et dit en me montrant du doigt :

– Ça a la vie dure, ces petites bestioles !

Ce rôle de tendre dure à cuire, d'amoureuse révolutionnaire, de femme en herbe me va bien.

Singer Rita Hayworth, j'ai plus de mal.

Je n'ai jamais rêvé devant le visage d'une star, si belle soit-elle. Hollywood, pour moi, c'est des chewing-gums. La scène du gant, je ne saurai pas faire, je serai maladroite, c'est obligé. Je ne porte que des jeans, des grands pulls qui me cachent et me chauffent, des moufles quand il fait froid, pas de gants blancs de soie qui montent jusqu'au coude. Garçon manqué ou trop petite fille, tout ce qui est évidemment féminin me fait peur, et puis je ne comprends pas l'érotisme de cette « scène culte de l'histoire du cinéma ». Véra m'explique les yeux éclairés sa fascination. Désolée, Rita Hayworth ne me subjugue pas, je n'y peux rien. Plus je regarde la scène, plus je la trouve pathétique, Rita, paumée sous ses rires. Elle est forcée de s'amuser de ses gants trop longs qu'elle enlève avec difficulté. Quand elle y arrive enfin, elle est tellement heureuse qu'elle les balance loin d'elle pour être sûre qu'elle ne devra jamais les remettre ! Je l'imagine soumise, répétant des centaines de fois ces mêmes gestes jusqu'à saisir un semblant de vérité. Ses yeux humides ne sont pas érotiques, Rita est juste épuisée. Moi aussi parfois.

Le tournage se passe bien, l'équipe est soudée, les acteurs sont joyeux. Véra a une belle énergie, rien ne l'arrête, elle trouve des solutions à tout, elle a de la force et du désir, une belle mémoire. Elle sait où elle va, on la suit.

Aujourd'hui je dois donner mon premier baiser de cinéma ! Lambert a les lèvres gourmandes. Je découvre ma pudeur et repense aux consignes familiales. Dès que je ferme les yeux mes parents apparaissent en Ténardier enragés, le doigt vengeur :

– Tu vas arrêter tes bêtises, Charlotte ! Pense à la famille, à ta sœur, tes grands-parents ! Un peu de tenue tout de même, on ne mérite pas ça !

J'ai peur d'une bonne fessée pour la première fois, peur de franchir les limites invisibles de la tolérance de mon père. Pourtant cette peur m'excite, je choquerai un peu, tant mieux.

Après le baiser vient l'amour ! Lambert remet ça. Je suis torse nu sous les draps qu'il soulève. Il s'allonge sur mes petits seins, descend le long de mon ventre en gobant chaque centimètre de peau, la caméra remonte sur mon visage, je dois avoir du plaisir. Lambert hors champ s'est levé. Je dois faire semblant. Je ne connais pas le plaisir, je l'imagine.

Nous partons pour Cabourg. La plage est belle, je suis presque chez moi, ça ressemble à la Bretagne en moins sauvage, je patauge. La tête tendrement posée sur Lambert je prononce cette phrase qui me colle bien mieux à la peau que le gant de Rita Hayworth :

– Faut plus qu'on se quitte maintenant... jamais... Tu ne me quitteras pas, hein ?

Et Lambert me répond une phrase du style : « Oui, on restera ensemble, je crois en toi, en moi, en nous. »

Un aventurier amoureux qui me dit qu'il croit en l'amour sur la plage de Cabourg. C'est ça, le rêve.

Le tournage se termine. On va se dire au revoir en faisant la fête à Saint-Germain-des-Prés comme dans le film.

On est contents, persuadés que ça marchera, on l'espère.

L'enthousiasme, la force, la sincérité passeront forcément de l'écran au public.

Étrange, la fin d'un tournage. Rupture rituelle, encore inhabituelle pour moi. On rompt en chantant, en buvant. Drôle de rupture. Je ne bois que du Coca, d'autres sont soûls. C'est dur de se quitter, comme à la fin des vacances. Tout un bout de vie ensemble, proches, unis comme en aventure. Chaque jour les mêmes visages, les mêmes gestes tendres, ces petites habitudes qui recréent la vie, ces liens qui naissent et n'auront pas le temps d'éclore. Je dois quitter ma famille d'accueil. Je m'y étais bien faite.

Au revoir, tout le monde ! On s'appellera, on se reverra, on se le promet. Peut-être jamais, peut-être à la promo, peut-être aux Césars, peut-être en enfer, peut-être demain.

Le film sort, c'est pas vraiment mes jambes sur l'affiche, elles sont redessinées. Pourtant, elles sont bien, mes jambes ! Je cours en petite jupe sur un arc-en-ciel, c'est bien du cinéma. Le film a un joli succès, la presse me découvre, la presse m'aime bien, elle exagère.

« De Marylin à Charlotte... », titre un grand quotidien.

Je suis « le nouveau visage du cinéma français... ». Ma bouille prend la lumière sur la une des magazines. Les critiques sont bonnes. On parle de ma beauté adolescente, ma fraîcheur, ma performance, mon caractère bien trempé. J'ai « de la graine de star », je suis « déjà une étoile »...

Je me reconnais mal dans ces louanges, je ne les crois pas, je ne suis pas habituée aux compliments. Je regarde maman découper presque chaque jour toutes les photos de sa fille. Elle épie la presse et classe soigneusement chaque article en surlignant certains mots qu'elle préfère, qui lui semblent plus justes. Elle confectionne des classeurs entiers qu'elle feuillette en secret. Je les ai conservés. Maman ne fait pas de grands commentaires mais tout ça lui plaît, je le sais. Elle semble fière et amusée, cela me fait plaisir.

Je vis ce succès subit de façon mitigée. Je suis partagée entre fierté et agacement. Il m'arrive même d'être indifférente, d'oublier cet élan vers moi. J'ai l'impression d'exister par un film, par un reflet de moi mais pas par moi. Je me sens un peu mangée, petite chair fraîche et tendre. On prend, on laisse. On prend mon joli sourire et mes yeux bleus, on laisse mes doutes de fillette, mes envies d'enfant.

Les gens dans mon entourage sont moins tendres que la presse. Dans ma famille, au lycée, on me voit différemment. Les regards sont plus appuyés, ils viennent du coin de l'œil, on s'interroge sur mon talent, ma différence avérée, on est un peu jaloux de cette gamine qu'on voit dans les journaux. Je vais de moins en moins au lycée, je m'y ennuie.

La période qui suit la sortie du film est un vrai tourbillon d'images, de mots, de visages, de promesses. Un excès agréable et léger, sans fondement. Ce sont les rencontres qui me réjouissent le plus, et la fête !

Je garde la tête sur les épaules, j'ai les yeux levés vers le ciel et les pieds sur le sable.

Je vivrai avec le film pendant deux ans, lui me suit encore.

Je rentre chez moi après une de ces journées compri-
mées, virevoltantes que vit la jeune petite vedette que
je suis devenue. J'ai fait tellement de choses ces derniers jours que j'en ai le vertige. J'ai rencontré toute une
variété de personnes, des espèces bizarres, inconnues.
J'ai entendu des mots excessifs, j'ai couru d'un décor à
l'autre, j'ai sillonné Paris comme la boule d'un flipper :
bar d'un hôtel chic ! studio ! radio ! photos ! puis hop
chez moi.

Ce soir je souffle, je marque le pas. J'ai la ferme inten-
tion de dormir vite sans revoir le film de mes jours
passés. Je mets le tourbillon sur pause. Je vais fermer les
yeux, allongée dans mon lit, je vais rêver d'un écran
blanc sans décor ni musique, parfaitement vide, une
plage immaculée.

Je claque la lourde porte du studio que mes parents
ont acheté pour moi. Je veux être indépendante mais
pas trop. Je vais les voir presque chaque jour, je n'ai
que 17 ans.

Je regrette de ne pas être restée chez mes parents plus longtemps. J'étais trop jeune, pas prête, pas construite, j'aurais été moins seule, plus heureuse, j'aurais peut-être eu mon bac.

J'ai besoin chaque jour du baiser de ma mère, de manger ses repas. Besoin du silence de mon père, de mon décor de la rue des Meuniers, de mon refuge silencieux où tout est vrai, où on se connaît depuis longtemps.

J'habite juste à côté de mademoiselle Blanchot. Je la croise régulièrement, je rentre quand elle sort et vice versa. Nous nous saluons poliment. Elle a vieilli, mademoiselle Blanchot. Sa peur s'est imprimée sur son visage, ses pleurs aussi peut-être. Pourtant je ne l'imagine pas pleurant. Peut-être ai-je tort ? Peut-être est-elle un ces êtres masqués qui cachent à vie tout ce qu'ils sont et crèvent petit à petit de leur imposture ? Peut-être mademoiselle Blanchot a-t-elle au fond du cœur un or oublié, un trésor qu'aucun flibustier n'est venu pêcher ? Je réserve mon pronostic et range ma canne à pêche. Je cherche sur sa face inerte la ride de peur qu'Othello a creusée le jour de l'attaque sauvage. Je souris, je suis sûre que les dents de mon vieux chien sont restées pour elle un bon souvenir inscrit sur son calendrier cartonné avec des chatons en photo. Elle doit toujours avoir le pantalon neuf en Tergal à fibres extensibles version *dogproof* que maman lui avait remis le lendemain de l'attentat à sa vie sans vie. Ma mère s'était platement excusée au nom de nous tous, chien compris, avec candeur. Elle avait en tirant sur le nouveau pantalon insisté sur son caractère déformable et résistant. Mademoiselle Blanchot l'avait pris comme une démonstration effrontée, comme la possibilité d'une autre attaque.

Je ne me souviens pas qu'elle ait porté autre chose que son pantalon *dogproof* pendant des années.

Ses joues maintenant sont striées et forment des petits carrés de peau secs. Ses lèvres ont presque totalement disparu. Mademoiselle Blanchot est un totem ni mort ni vif des existences ratées. Elle regarde toujours le sol comme si son texte y était écrit. Je lui demande de ses nouvelles, je ne peux pas m'en empêcher. Elle répond invariablement :

– Faut pas se plaindre, tant qu'on a la santé !

Elle n'a pas tort, mademoiselle Blanchot.

En vieillissant, son venin s'est un peu tari, une chance pour la copropriété. Quand je lui parle et la regarde avec attention, j'aperçois ses yeux baissés qui se relèvent un peu en une fraction de vie pour tenter de voir cet être extraordinaire qui s'inquiète de son état. J'ai l'impression qu'elle ne prend l'ascenseur que pour ça, pour que je lui demande comment elle va, pour réagir à ma voix. J'ai parfois envie de lui aboyer tendrement à la figure, de me mettre à quatre pattes et de mordiller le pyjama qu'elle porte désormais. J'aimerais bien la faire rire. Elle doit bien savoir rire, mademoiselle Blanchot ?

Aujourd'hui, j'ai rencontré plein de nouveaux visages. Une attachée de presse à la joie forcée, un apprenti metteur en scène, un producteur et une journaliste gentille habillée en « fille de mauvaise vie », comme disait Papoum. Elle a dû me croire lesbienne, la journaliste. Mon regard était collé à ses gros nichons blancs si grossièrement visibles et surprenants dans ce décolleté béant. Les miens, à côté, font prépubères. Elle était fière en blanc et fuchsia, presque torse nu. Impossible de me concentrer sur ses questions banales. Elle ressemblait à une fraise melba géante et j'avais faim, il était presque midi. Je rêvasse facilement dans ces interviews qui se ressemblent souvent. Seul le décor change, là c'était Pigalle à Saint- Germain-des-Prés. J'aurais dû prendre une photo pour ma tante. Je m'imaginais demandant à la journaliste :

– Ça ne vous dérange pas que je prenne une photo de vos seins ? C'est pour un album que je réalise, une anthologie de la vulgarité que je destine à ma tante distinguée. C'est pédagogique, vous comprenez, c'est pour la faire réagir, lui apprendre la différence, la vie sans Hermès.

Je rigolais, je m'amusais de mes pensées loufoques. La journaliste a répété sa question avec un sourire indulgent. Elle ne savait pas que je riais d'elle, elle était persuadée d'être irrésistible, invincible, un peu comme moi à cette période de ma vie. Je ne suis pas méchante, juste en découverte, perpétuellement étonnée. Ma fraise melba était d'une patience inouïe. Je dois faire la une de son magazine télé.

– Charlotte, vous vivez un véritable conte de fée ?

J'hésite toujours à répondre à cette question. Je n'ai vu ni prince ni fée. Je sais déjà qu'il n'y a pas de magie dans ce monde d'images qui me plaît pourtant, c'est une intuition. Le rêve reste sur l'écran, il se fabrique, les princes sont maquillés.

– Je vis une expérience formidable. J'aime bien ma nouvelle vie, faire du cinéma. C'est super que ça marche, j'ai des projets, je vais faire un autre film avec Claude Brasseur et Richard Berry. J'ai de la chance qu'on s'intéresse à moi, je m'amuse beaucoup !

Ma réponse l'a surprise, elle aurait aimé que je lui dise ce qu'elle croit :

– Oh oui, si vous saviez comme c'est merveilleux pour une gamine comme moi, comme ma vie est un rêve que je vis chaque jour éveillée. Je suis une petite princesse aimée de son gentil public, j'ai trouvé la recette du bonheur. Et vous ? Quelle est le couturier de cette jolie robe ?

Il m'arrive de retourner la conversation pour inverser le sens unique de l'intérêt que l'on me porte et qui me gêne. Je complimente en retour aussi poliment.

– Ça fait quoi d'être connue, de passer de l'anonymat au vedettariat, si vite, si jeune ? a continué la journaliste.

J'ai perçu sous sa question son propre désir d'être connue.

Ce désir d'être reconnu dans la rue, mis au centre de l'attention, pile dans la lumière, la fascination des hommes pour la reproduction d'eux-mêmes en photos, en images, en autographes m'intriguent. Moi, je voulais juste être unique, différente, artiste, talentueuse, je voulais simplement exister par moi, par ce que je suis.

Être connue m'a procuré un plaisir narcissique, infantile, m'a donné l'illusion et la frustration. Connue pour quoi ? Qu'ai-je donc fait qui me vaut ces bras tendus, cette attention ? Je n'ai pas de réponse certaine, cela dépend des jours, de ma confiance en moi qui varie.

– Et les Césars, comment vivez-vous votre nomination pour le Meilleur Espoir féminin ?

– Je suis très heureuse.

– Vous pensez l'avoir ?

– Je ne sais pas ! J'aimerais bien, pas vous ? Certains disent que je l'aurai, on verra, je n'y pense pas vraiment !

– Merci, Charlotte, je croise les doigts pour vous !

– C'est gentil.

À midi, j'ai rencontré un jeune metteur en scène qui insistait pour me voir. Il n'avait encore rien fait, rien à montrer. Pas de court métrage, juste une vague idée. Il y a dans ce métier des doux rêveurs qui anticipent un talent qu'ils n'ont pas. Ils se donnent le titre qu'ils espèrent, là c'était « metteur en scène »...

Le jeune homme était très enthousiaste, tant mieux, mais surtout très beau, cela m'a aidée à l'écouter. Il avait une fougue juvénile, un visage couvert de sueur et un projet sous le bras. Il me trouvait forcément formidable, « un peu de fraîcheur dans le cinéma français ». Au moins ! pensai-je. Son excès, ce vent de paroles juxtaposées ont vite eu raison de sa beauté et l'ont plongé dans le monde de l'impossible. Il était évident que le dossier qu'il tenait sous son aisselle trempée ne verrait jamais le jour, avec ou sans moi.

Plus tard dans la journée, j'ai fait face à la hargne veloutée d'un producteur habile et avide qui me mangeait des yeux. Je pourrais être sa fille !

Le sexe me semble plus présent qu'ailleurs dans ce monde qui carbure au désir, au plaisir sous toutes ses formes.

Cet après-midi, j'ai aimé les yeux dévorants du beau serveur brésilien du Lutetia qui me chouchoute à chaque fois et me sert des diabolos mandarine en me faisant des clins d'œil.

J'ai fini la journée avec Lucile, une nouvelle amie. J'ai supporté son air affolé lorsqu'elle a laissé tomber la clé de son vélomoteur dans la bouche d'égout sur laquelle il était garé. Débrouillarde, je suis partie acheter une scie à métaux au BHV, juste à côté. J'avais d'abord choisi une scie à bois comme celle qu'a papa en Bretagne, je ne connaissais pas d'autres formes de scies.

Les larges dents de la lame, comme un gros couteau à pain, me laissaient quand même perplexe dans le rayon des scies. Un gentil vendeur m'a sauvée du ridicule :

– C'est pour faire quoi ?

– C'est pour scier un antivol. On a perdu la clé. Mon amie m'attend. Celle-là a l'air costaud, non ?

Je montrais mon couteau à pain.

– Costaud, sûrement, pour couper des arbres !

Il a rigolé franchement et a changé ma scie.

On a passé une bonne demi-heure à scier cet antivol à trois sous. Des voleuses de mobylettes aux rires exaspérés rue de Rivoli. Les passants toujours pressés dans cette artère n'ont rien dit, ils s'en fichaient. Seul un agent s'est inquiété et rapproché de nous :

– Vous voulez que je vous aide, peut-être ?!

– C'est une bonne idée ! lui ai-je répondu.

– On a perdu la clé, monsieur l'agent, regardez, elle est juste là...

J'ai montré du doigt la grille et la clé étincelante que l'on voyait nettement à quelques centimètres. Lucile enrageait. L'agent n'a pas regardé mais a juste demandé l'assurance de l'engin volé. Lucile a extirpé rapidement le document de son grand fourre-tout. Après contrôle, il a passé son chemin. Nous avons continué de scier, mortes de rire, l'antivol a lâché. Lucile a filé, en retard :

– À demain pour de nouvelles aventures ! m'a-t-elle crié en s'éloignant.

Arrivée chez moi, je reste excitée d'une journée pleine, parfaitement distrayante.

J'ouvre mon courrier, épais de plusieurs jours. Je mets la musique fort, David Bowie berce mademoiselle Blanchot. Je chante, je danse, on dirait que je suis heureuse.

Je reçois beaucoup de lettres du public, de fans, je réponds toujours moi-même, elles sont importantes, ces lettres, elles sonnent justes, elles me réchauffent. J'ai gardé les plus belles, je les ai relues dans les moments de doute, cela m'a aidée.

J'ai plein d'invitations pour des soirées, des dîners, des cocktails. Je découvre le sens mondain de ce mot « cocktail ». C'était ma boisson préférée l'été sur la digue.

Je jette les lettres ouvertes sur le tapis, je suis épuisée. Je m'affale sur mon canapé et regarde clignoter sur la table basse mon répondeur, je compte les signaux lumineux.

Un point rouge, un message, deux points, deux messages, trois, cinq, vingt, quand le répondeur clignote sans arrêt, c'est qu'il y a plein de messages ! Une infinité de voix qui chaque soir m'invitent, me proposent de les suivre.

Ces messages dont la vaine multitude me lasse me manqueront des années plus tard quand mon téléphone semblera mort.

Je suis une adolescente qui reçoit des invitations de grande qui me distraient et occupent ma nouvelle vie de grande.

J'écoute mes messages en cherchant l'interrupteur du lampadaire en velours vert Empire que maman m'a donné en attendant d'acheter autre chose. Je n'ai pas le temps, pas pour ça, et puis ce lampadaire me plaît. Je l'ai déluré avec une ampoule colorée. Il me rappelle que je suis Anne-Charlotte Pascal du 27 de la rue des Meuniers, issue d'une famille mixte artistico-bourgeoise comme mon lampadaire Empire et sa lumière rose.

Entre les bips du répondeur, les messages sont courts, exubérants, ils se ressemblent de soir en soir.

Là, c'est une voix inconnue qui me donne rendez-vous, « c'est vu avec votre agent ». Puis j'entends la voix de Dominique Besnehard que je reconnais entre mille, toujours douce, lente et sucrée, hésitante comme une excuse d'enfant :

– Allô, Charlotte, mon amour, j'espère que tu fais rien ce soir, il faut absolument que je te présente l'amour de ta vie ! (Bonne idée ! pensé-je.) Mets ta plus belle robe et rejoins-nous ce soir au Palace, nous t'attendrons, ton prince et moi. Bip.

Mon prince ? Il est donc finalement venu ! Peut-être a-t-il vu le film sur une autre planète ? Il m'a aimée dès la première image, n'a pu oublier ma peau claire et ma voix un peu grave, il a fait ses malles en cuir, il a appelé Dominique pour savoir où j'étais – les princes savent toujours qui appeler, ils ont plein de relations –, il a traversé les mers pour être là ce soir au Palace, il m'attend.

J'irai donc, forcément, on ne rate pas un prince. Dominique sait me prendre par les sentiments, il pressent mon besoin d'amour, c'est mon agent matrimonial.

Ma fatigue s'évanouit d'un coup, je grignote un peu, allume la télé en enfilant une robe. C'est pas trop mon style, les robes, mais je fais un effort pour avoir l'air princesse. Je monte embrasser maman qui me complimente avec innocence sur mon inhabituelle élégance ! Je dis bonjour à papa, j'embrasse ma petite sœur, je mange une part de tarte et repars.

– Tu vas où ? me demande Aude en tortillant ses cheveux.
Je sens qu'elle voudrait que je l'emmène parfois, que je la sorte, mais elle est trop petite encore.
– Rencontrer mon prince ! lui dis-je en riant.
Je lui fais une bise et cours en claquant la porte.

Je suis un courant d'air, portée par le vent qui souffle presque tous les soirs du 12e arrondissement jusqu'au Palace.

Le chauffeur de taxi me regarde dans le rétroviseur, il me reconnaît. En arrivant, il me tend un stylo, un bordereau de reçu que je signe volontiers pour sa fille. Est-ce vraiment pour sa fille ? C'est plus facile de demander pour les autres. Je le remercie des mots gentils qu'il m'adresse et règle ma course. Je fends la foule amassée devant le Palace. À l'entrée, la baraque black avec ses chaînes en or et ce gentil sourire me fait une bise protectrice, il me connaît bien. Il m'entoure de ses larges bras et me sert de rempart contre ces jeunes qui ne rentreront pas. Je suis toujours gênée de cette ségrégation, de ce mépris pour les autres dont j'étais il y a quelques mois. Pourtant je ne dis rien. Quoi dire ? Laissez-les tous rentrer, c'est ma tournée ! Non, je file, mon prince m'attend.

J'entends des murmures, des paroles mêlées, basses mais suffisamment audibles :

– C'est Charlotte Valandrey !

– Elle fait plus grande au cinéma !

– T'as vu ses yeux !

– Mais si, dans *Rouge baiser*...

Impression bizarre d'être une petite bête de zoo que l'on montre. Le public a toujours été gentil avec moi. La tendresse collective peut de temps en temps remplacer l'amour.

On me montre du doigt, les bras sont tendus. Cela vient peut-être de là, le mot « star », je pense... Pas de la luminescence de ces êtres connus mais de la gestuelle du public qui les entoure et les montre comme on repère les étoiles dans le ciel.

J'ai ce sentiment étrange de ne pas savoir pourquoi je suis connue. Pour l'émission de Michel Drucker ? Pour l'article dans *Paris-Match*, que la jeune communiste que j'étais dans *Rouge baiser* traitait de torchon fasciste ? Pour la couverture de *Elle* ? Je suis passée à la télévision plusieurs fois.

– Il est comment, Michel Drucker ? m'a demandé ma mère.

– Très gentil !

L'impact de la télévision est puissant. C'est un lien direct, intime avec les gens, un petit temple de l'ailleurs planté au milieu des salons avec vue sur la vie des autres, sur ces pays où on n'ira pas. La télévision me donne une popularité subite et volatile. Seule mademoiselle Blanchot refuse de me reconnaître. Peut-être découpe-t-elle comme ma mère mes photos dans les journaux ? Elle doit les regarder en se répétant doucement :

– Je connais ce visage...

Mais elle n'y croit pas, elle ne croit pas en moi, pas en elle. Impossible que la petite peste qu'elle croise depuis dix-sept ans, qu'elle a vu grandir et se « pestifier » d'année en année, soit dans les magazines, que sa rue des Meuniers soit dans les journaux !

– **C**harlotte, ma chérie, Charlotte !

Je reconnais la voix de Dominique dans ce tintamarre, ce boum-boum dont tout le monde se régale, un peu fort quand même. Je rentre dans le carré VIP où il fait sombre, j'embrasse mon agent préféré. C'est lui qui m'a reconnu un peu de talent.

Il se lève, l'homme assis à ses côtés aussi.

– Je te présente Johann ! Johann, Charlotte !

C'est lui, mon prince ?... C'est le musicien que j'écoute tout le temps ? Il m'aime bien, Dominique me l'a dit, cela me revient, je le fais craquer, paraît-il. Il est beau, mon prince tout en noir avec ses cheveux hérissés et ses lèvres en réglisse. Il sourit à peine, tendre et timide. Sa bouche est charnue et laisse apparaître un filet de dents qui brille dans l'éclat stroboscopique et bleuté. Il me fixe, son regard s'éclaire comme une flamme qui grandit. Le bruit autour de nous devient presque silencieux, le rythme sourd de la musique disparaît sous les battements de mon cœur. Je me sens ramollir. Ma petite nature si énergique se fragilise. Mon prince est un peu typé, il doit avoir entre 25 et 30 ans, c'est un tendre mâle pas très grand, il a l'air fragile, un peu triste, parfois démasqué par un flash de lumière crue. Il me prend la main, regarde en l'air la boule qui tourne comme un signe, il inspire fort et m'emmène. Johann me propose un verre au bar. Nous sortons du carré VIP. Il est connu, encore plus que moi, on nous regarde, on nous bouffe. Pour la première fois ces regards me gênent, ils pénètrent notre sphère. Johann parle peu, il a bu, il est un peu bizarre, il plane, ses yeux roulent lentement. Il transpire.

Comme les princes vont vite, comme les histoires s'accélèrent. Il veut partir avec moi. Il m'invite à fuir. J'hésite un peu, je rigole, ce garçon est frappé, moi aussi. À cette allure la fin arriverait beaucoup trop vite. Il m'étreint lentement alors que les autres sautillent. Il est à contre-courant. On se rêve, son regard part d'un autre que lui pour se perdre dans une autre que moi. Il attrape mon bras, se fiche de ma vague résistance et m'emmène. Je le suis. Nous traversons ce vaste dancing où les autres se ressemblent. Les têtes se dévissent sur nous, elles sont les témoins indiscutables de la naissance de l'amour éclatant de Charlotte et de son prince.

Ma vie tourbillonne alors encore plus. Moi et le musicien devenons inséparables. Je suis amoureuse, je me donne corps et cœur pour la première fois.

Je pars à Londres pour quelques jours. J'ai été contactée par le producteur de David Bowie. Le chanteur a vu le film et aimerait que je sois dans son prochain clip. Les gens autour de moi trouvent ça génial. Moi, je m'en fiche, je suis amoureuse, je veux être à Paris, pas à Londres. J'y vais quand même, je sais qu'on me détesterait si je refusais, on dirait que j'ai la grosse tête alors qu'elle est plutôt vide, ma tête, vidée par l'amour. Il pleut à Londres, la Bretagne à côté, c'est rien. Cette ville ressemble aux quelques clichés que j'ai en tête, elle est sans surprise. J'ai l'impression que rien n'a changé depuis des siècles. Les squares sont tous les mêmes, les maisons sont hautes et blanches ou petites à briques rouges, il n'y a pas de taille moyenne. J'aime bien Big Ben, cette grande horloge de contes pour enfants, ce phare près de l'eau. Je n'ai pas envie de faire la touriste, je ne suis pas d'humeur. Johann ne m'a pas appelée.

Sur le plateau, je n'ai pas grand-chose à faire, il ne faut ni danser ni rire, je dois simplement avoir l'air triste et les yeux dans le vague, être nostalgique, exactement ce que j'ai le cœur à faire... Les consignes sont données avec indifférence, je suis un numéro sur ce grand plateau. Le staff s'interroge, pourquoi la rock-star fantasque a-t-elle voulu ce petit bout de femme de France ? ... Moi aussi, je m'interroge, je ne sais pas pourquoi je suis là. Peut-être qu'un jour je ferai vraiment ce que j'ai envie de faire, j'arrêterai de me laisser porter.

Je ne comprends pas l'interprète. Parfois je regarde autour de moi, éberluée, je cherche un autre Français pour qu'il me confirme que c'est bien elle qui a un problème. Rien de ce qu'elle dit ne sonne comme ma langue maternelle, juste quelques mots parfois appuyés et parfaitement prononcés auxquels je me raccroche en faisant *«yeah, yes, of course»*. J'embrasse David Bowie dans un petit frisson, sa loge est à côté de la mienne, il est sympathique mais ailleurs. Je n'ai pas de scènes avec lui.

Je demande en riant une interprète pour traduire ce que me dit l'interprète, personne ne rigole. Moi, ça me fait marrer.

Le clip ne sera jamais diffusé en France.

Je rentre à Paris, Johann part en tournée. Je l'accompagne pour plusieurs dates, c'est génial.

De retour à Paris, on commence à se croiser. Je commence à l'attendre.

Il vit chez sa mère à Malakoff, c'est encore un enfant. Son groupe de musique a beaucoup de succès. La vague déferlante, cette année-là, est impressionnante.

Je sens chez mon prince un vide comme une torture qui le secoue parfois. Le succès ne semble rien guérir, les doutes peuvent même s'aggraver, l'artiste croit rarement qu'il mérite sa réussite.

– Fais gaffe, il se drogue, me dit un ami.

Je m'en fiche, je le sais, j'ai vu ses yeux en l'air, son sourire figé, cet état coupé de tout qui me met à l'écart. Je ne connais pas la drogue et ses dangers, je m'en fous, je suis amoureuse. Je ne me droguerai jamais. Je ne peux pas, c'est comme ça, mon éducation, mon sens de la vie. J'échappe sans artifice à ma réalité. Ma vie alors est indolore. Je ne vois dans la drogue aucun paradis, qu'une anesthésie géante qui endort avant que la douleur ne revienne, insoutenable, puis reparte au gré des shoots, puis revienne chaque fois plus forte comme une vague qui grossit. Les vagues déferlent, violentes, sur mon château de sable. Je ne peux rien faire, je reste sur la digue. Je partage les moments clairs, intermittents, presque normaux. Je suis trop jeune, trop amoureuse pour juger. Je suis immortelle, je n'écoute personne que mon corps qui se noue à l'idée de l'aimer. J'aimerais le rendre heureux, être son héroïne, je nourris cette belle utopie. Je voudrais qu'il se shoote de moi, de mon suc, de ma salive de mon bonheur d'être à lui.

Ses absences deviennent difficiles à supporter. Ils ne les explique pas. Il apparaît, disparaît, se cache, me garde à distance de ses errances. Je l'attends. Je guette mon mec en noir, mon prince gothique. Il m'arrive de pleurer par manque de lui. J'aime son corps, sa chaleur, sa façon de rendre la vie brève et intense. Il est pur, blessé, cassé.

J'offre mon amour pour le panser. Je le laisse être.

Je suis fascinée et aveugle.

Ce soir je vais le voir au Zénith.

Je suis en plein tournage du film *Taxi Boy* d'Alain Page. Un des acteurs me drague assez grossièrement depuis quelques jours. Il sait que je suis amoureuse mais il insiste, sûr de lui, de sa beauté reconnue que je ne vois pas. Il est irrité, vexé.

Je quitte le plateau, mon père est venu me chercher.

– C'est ça, casse-toi ! Va te faire bien baiser ! marmonne l'acteur devant mon père muet qui croit avoir mal entendu.

J'ai honte. Je regrette qu'il assiste à ça, à ces débordements grossiers, étrangers. Je regrette aussi que mon père n'ait pas mis son poing dans la belle gueule de l'acteur.

Au concert, l'ambiance est électrique. Les hommes en noir sur la scène sont en transe, je repère mon mec, je lui fais des signes. Les chansons s'enchaînent, la foule est incandescente et crie chaque mot comme un chœur géant. Je hurle avec les loups, je gueule mon amour. Je répète en tendant le doigt vers mon prince ces paroles qui martèlent que je suis belle. Je suis impressionnée, passionnée, hors de moi.

Après le concert, j'attends en coulisse, longtemps. Je m'impatiente, je m'inquiète. Un assistant m'apprend que Johann est épuisé, invisible. Je ne le verrai pas ce soir, il m'appellera. Je pense : «Mais c'est pas grave si t'es pas bien, mon amour, je le sais, j'ai besoin de te voir, tu n'as rien à me cacher, ce n'est pas de ta faute, je ne suis là que pour toi, laisse-moi entrer... »

Je voudrais lui dire que le concert était magnifique, que c'est beau de faire chanter les gens. Impossible, je n'insiste pas. Je rentre.

Johann m'appellera quelques jours plus tard sans notion de temps.

Nous continuerons de nous voir de manière irrégulière, imprévisible, au gré de son manque. Il viendra chez moi, dans mon studio de la rue des Meuniers, faire l'amour en cachette.

Mon nom est marqué sur un fauteuil rouge-orange dans ce grand amphithéâtre. Les invités prennent place lentement. Les femmes surveillent leurs robes étincelantes. C'est un beau rituel lumineux, comme un agréable repas de famille avec la tante qu'on ne supporte pas, la cousine qu'on adore, le grand-père qui chantera, une jolie trêve. On va se sourire et s'aimer quelques heures en direct sous les feux de la rampe. Tout le monde a l'air content d'être là finalement. Il y a des stars partout, ça brille, ça jette, elles sont belles, les stars.

Sur la scène un présentateur en smoking annonce les prix et le nom des personnalités qui vont les remettre. Il fait passer le temps, lentement. Je ne pensais pas qu'il y avait autant de catégories. Tous les métiers sont là, il ne manque que le César du meilleur stagiaire !

La tension me gagne alors que je m'en moquais, de ce prix, que je faisais la fière. En plus, je suis contrariée :

– Ta robe est improbable ! m'a asséné, avant de partir de chez moi, une copine à qui je demandais, certes sans conviction, comment elle me trouvait.

Je ne sais pas précisément ce qu'est une robe improbable, mais plus je me regarde, plus j'ai l'impression que
c'est exactement ce que je porte ce soir. Elle a raison, ma
copine. Je suis improbablement emmaillotée. C'est un
choix de Véra Belmont. Merci, Véra. Ce vert jusque-là
inconnu fait fuir les regards. Les flashs ricochent sur la
robe en lamé sublime d'Emmanuelle Béart et m'ignorent.
La mousseline extensible qui saucissonne mon mètre
soixante et mes collants assortis me donnent l'allure de
Jacques Villeret dans *La Soupe aux choux*. S'il y a un dieu
de l'élégance, jamais il ne me laissera monter sur scène.
J'ai une robe de perdante !

Je suis l'improbable Espoir du cinéma français.

Faudrait changer les règles :

– Et dans la catégorie des saucissons en mousseline
sont nominées... – j'en compte quand même quelques-uns
dans la salle !

– La gagnante est à l'unanimité... Charlotte Valandrey !

Je ris jaune de ce cauchemar express qui me fait trans-
pirer. Il ne me manque plus que de belles auréoles et je
me suicide en direct.

Ça y est, c'est mon tour, pour de vrai cette fois.

Mon cœur bat à mille à l'heure, j'essaie de sourire, la
caméra balaie et fouille nos visages. J'utilise mes dernières
forces pour feindre la détente. Que mon petit talent
d'actrice me serve au moins à sauver la face ! Jamais
j'aurais pensé avoir aussi peur. Je le veux, ce prix, finalement. Je veux qu'on me reconnaisse, que mon père, ma

mère, Papoum, mes tantes, mes amis, mademoiselle Blanchot, mademoiselle Facourt, que tout le monde soit sur son séant ! Sur le cul ! Je veux être élue, je le mérite. Je veux gagner le César et, par dérogation, la voiture promise pour ce bac que je n'ai pas passé. Tout le monde a son bac, pas tout le monde brandit un César !

Je pense à tous ces gens importants du cinéma français qui peut-être ont voté pour moi et me verront aller chercher le prix qu'ils me décernent. Je n'ai jamais eu de prix. Je rêve aux beaux films que je pourrais faire, à ce César comme à un sésame. Je tremble.

– Dans la catégorie « Meilleur Espoir féminin » sont nominées :

– Charlotte Gainsbourg dans *L'Effrontée* !

La salle applaudit fort.

– Charlotte Valandrey dans *Rouge baiser* !

La salle applaudit fort aussi. Je souris, je n'écoute pas la suite, je n'entends plus, je ferme les yeux... j'attends...

La gagnante est :

– Charlotte... Gainsbourg dans *L'Effrontée* !

Les applaudissement retentissent comme un tonnerre, certains crient bravo ! La gagnante est portée par le crépitement incessant des mains qui claquent. Elle est aimée, là, tout de suite, un concentré formidable d'amour versé sur elle.

Son père l'embrasse sur la bouche, elle a de la chance et du talent, Charlotte Gainsbourg. J'applaudis aussi, elle était superbe dans le film. Mes yeux se brouillent un peu devant la caméra indiscrète. C'est Charlotte Gainsbourg qui marchera lentement vers la scène un peu groggy, elle qui montera les quelques marches comme une éternité, qui se souviendra à jamais de l'élan de la foule splendide, elle qui pleurera du bonheur d'être préférée.

Je suis déçue, triste, je me souviens des pronostics qui me donnaient gagnante, des compliments des gens autour de moi.

– Tu vas l'avoir, Charlotte, c'est évident !

Étonnant, le nombre de mauvais médiums.

Je me prends à douter pour la première fois. Les certitudes des autres n'étaient que des flatteries pour me hisser haut, très haut, pour que je tombe fort, très fort. Paf, par terre, la petite vedette. C'est réussi.

Véra sent ma déception. Pour me réconforter, elle me rappelle que le film est sélectionné pour le Festival de Berlin. Je ne connais pas encore l'importance de cet événement, je m'en fiche un peu, je suis toujours à terre. Mon échec trouve en moi un écho profond, ma confiance est engloutie, je ne suis pas aimée jusqu'au bout, je suis lâchée en route.

J'ai longtemps pensé à ce qu'aurait été ma vie avec mon César. Peut-être aurais-je été mieux entourée, mieux guidée ?

Berlin ? Et à Thionville, on n'y va pas ?!

– C'est un très grand festival, tu sais.

– Ah, bon...

Je me rends à la belle soirée organisée au Fouquet's après la cérémonie, je vais au « debriefing ».

Je vais rire plus que de coutume, m'enivrer de Coca, papillonner, faire comme si. Je vais participer, être si gaie que tout le monde pensera que j'ai laissé mon César au vestiaire. La déprime, c'est pas glamour.

– Vous étiez superbe dans le film ! J'avais voté pour vous ! me glisse au creux de l'oreille un monsieur qui titube et s'accroche à moi. Pas flatteur, juste dragueur.

Je croise les belles étoiles, de très près. Je suis amusée, curieuse sans être impressionnée. J'aime leur bel éclat au milieu d'une soirée terne où l'on sent au fil de la nuit les clans se reformer, la famille se défaire.

Les gagnants, les perdants, les contents, les frustrés, les connus, les pas connus forment des pôles contraires qui tendent l'atmosphère malgré le champagne qui coule pour lier une sauce qui prend mal.

– C'est pas grave ! me dit Johann au téléphone. Les Césars, c'est pour les vieux. T'as besoin d'un César, toi ? Je t'ai vu à la télé, elle était cool, ta robe ! On se voit ?

– D'accord, tu veux sortir ?

– Non, on va chez toi.

Les Césars sont déjà loin, il n'y a pourtant que quelques jours mais j'efface vite. Il y aura d'autres Césars, et puis je pars demain à Berlin.

C'est une belle journée, opposée de la nuit, romantique.

Je me promène quartier Notre-Dame près de la Seine avec mon prince gothique. Il est moins noir en plein jour, la rock-star a les lèvres roses et les cheveux un peu tombés. Il me prend la main dans un geste tendre qui pourrait être anodin. Johann est un amoureux pudique, je ne me souviens pas qu'il m'ait dit « je t'aime ». Aujourd'hui, près de Notre-Dame, dans ce jour brillant qui l'impressionne, il me prend la main.

C'est sa façon à lui. Il ne dit pas de grandes paroles, ne parle pas d'amour mais donne un signe silencieux, un indice précieux perdu dans le jour, le bruit des passants et les mouvements de son corps, un signe à reconnaître, d'amour à amour. Il vient à moi, il me prend la main, il m'emmène.

– Charlotte, faudrait qu'on fasse une prise de sang ensemble, me dit-il de but en blanc.

– Pourquoi ?

– Pour savoir...

– Je comprends pas.

– Tu sais, faire un test, quoi...

– Un test ?

– Ouais, tu sais, tout le monde fait un test maintenant.

– Ah bon ? J'ai pas le temps, là, tu sais, je pars demain, on verra quand je reviendrai...

– OK.

Je sors de France ! Je prends l'avion, je vole ! Je pars à Berlin comme on part à Hollywood. Je me fais des films, je me fais du bien. Arrivée dans l'ancienne capitale, je comprends vite que ce n'est pas Thionville. Je constate l'ampleur du festival, tous ces photographes amassés, ces journalistes et leurs badges, tous ces comédiens souriants, ces espoirs de tous les pays.

Je sens l'effervescence de la concurrence et l'énergie de cette ville incroyable. Berlin concentre sur son mur que je découvre stupéfaite les cris colorés des artistes qui rêvent de liberté.

Le mur m'impressionne. Le soir, je monte sur ces estrades qui permettent d'apercevoir l'autre côté, le no man's land et ces lampadaires parfaitement alignés qui éclairent comme en plein jour. C'est la guerre en plein festival, les gens sont parqués comme dans un camp. Les Allemands de l'Est ne sont pas libres, ils sont tirés comme des lapins quand ils veulent traverser pour aller voir les enseignes publicitaires de la Breitscheidplatz comme on va à la fête foraine. Ils crèvent dès qu'ils veulent partir, il y a des petites croix blanches en souvenir avec des dates de mort récentes, et personne ne dit rien. Moi non plus. Je pense à Nadia la communiste.

J'ai une accréditation, j'apprends un nouveau mot. Une sorte de passe autour du cou qui me permet d'aller à peu près n'importe où comme dans tous les festivals.

On ne parle pas français autour de moi, mais anglais et surtout allemand, cette langue rugueuse et grave qui sonne parfois comme une caricature. Je pense à Papoum qui en veut toujours aux boches.

Nous enchaînons les conférences de presse. La projection du film s'est très bien passée. Nous avons été applaudis longtemps, nous nous sommes levés, j'étais heureuse, je saluais de la main comme une petite princesse, des spots puissants tombaient du ciel sur nous.

Ça a duré une éternité, pas assez.

Les rumeurs courent déjà, je serais une des favorites pour le prix d'interprétation. Je n'y crois pas cette fois, mais pas du tout. J'imagine qu'il y a plein d'autres actrices merveilleuses, talentueuses, émouvantes, tellement mieux que moi. Je ne me ferai pas avoir une autre fois. Je ne comprends pas les flatteurs, tant mieux. Ils parlent allemand ou un mélange de tout auquel je réponds en hochant la tête.

Véra décide de prolonger notre séjour jusqu'à la remise des prix. Ma chambre d'hôtel est belle et vaste. Il y a un minibar avec du Toblerone magique renouvelé chaque jour, un canapé crème plus grand que moi, du bain moussant de marque et une jolie vue sur cette église à moitié détruite, au clocher cisaillé par la guerre et gardé en l'état. Je m'étonne qu'on ne le répare pas. C'est « l'église du souvenir », me traduit-on.

Johann m'appelle de temps en temps, moi plus que lui, il me manque. Ici tout est chronométré, orchestré, traduit. Lui est libre ou errant. Je ne sais pas.

Aujourd'hui c'est la clôture, le jour du palmarès, la remise des bons points. On m'achète une jolie robe cette fois, je change de couleur et je récolte dans la rue l'avis favorable de 500 personnes. Qu'au moins je sois belle ! On me maquille, on me coiffe, on me prépare pour le bal. La cérémonie est menée bon train, Véra ne comprend rien, Bruno et Brigitte, nos attachés de presse protecteurs, me traduisent et me tapent du coude doucement quand c'est peut-être à nous. Il y a beaucoup moins de catégories qu'aux Césars et le prix à gagner me plaît. Un ours ! Là c'est un signe ! Qui d'autre que moi peut gagner un ours ? Mon « doudou jaune » s'ennuie dans ma chambre d'hôtel, il attend son compagnon de jeu.

Nous y sommes, c'est le Prix d'interprétation féminine.
Des mots en allemand, je ne comprends rien, c'est pourtant ma première langue !
En anglais, c'est plus facile :
– *And the winner is...* Charlotte Valandrey !

En fait, *« the winners are »*, on est *ex æquo*. Du coup, pour ne pas y croire encore pendant ces quelques secondes qui me séparent de mon ours, plantée devant la scène, encore assise, je pense à mon trophée. Comment va-t-on faire ? Un ours pour deux ? On va pas le couper, quand même ? Une garde alternée ? Compliqué.

J'embrasse Véra, je me lève. La salle est immense, plus profonde qu'il n'y paraît, elle est secouée par une vague enthousiaste qui ne se brise pas, elle se lève. Ils applaudissent, longtemps, si longtemps, si fort. Les mains chaleureuses et aimantes frappent et font sonner les paumes dans un vacarme irréel. Sensation inconnue. Je marche lentement, je me délecte, je lèche ma sucette. J'ai un vrai sourire qui ne part pas, j'ai la chair de poule. Je suis le point de mire, petite étoile marchante, la lumière me suit, le spot trace mon chemin. Je monte sur la scène, la salle applaudit de plus belle. Je saisis la main de mon *ex æquo*, Marcella Cartaxo, que je découvre. Je laisse entrer en moi ce vent chaud, électrique. Je suis heureuse, parfaitement heureuse.

« À vivre absolument ! » Ce pourrait être mon commentaire, comme dans un guide.

Ce sera ma drogue à moi, une vraie drogue. Une lumière forte sur mon visage, des applaudissements au rythme de mon cœur et l'amour collectif en substitut d'amour, en médicament générique. Je comprends ce jour-là que je resterai en manque de cette drogue, que je rechercherai tout le temps cette reconnaissance.

De retour à Paris, je donne l'ours d'argent à ma mère, qui, fière, le prend des deux mains comme s'il était fragile et le pose sur son sanctuaire, doucement, sur le piano.

Johann m'a laissé un message, il veut me voir.
Un producteur aussi, le même qui me mangeait des yeux.

Johann est injoignable, son message a quelques jours. Sa mère ne l'a pas vu, elle ne sait pas où il est, elle semble lasse, son frère non plus ne sait pas. Il disparaît parfois comme ça, comme un chat blessé. Je l'imagine dans un endroit sombre couché par terre, entouré de gens qui ne le connaissent pas, qui ne savent pas combien il est précieux. Je vois ses yeux élargis, sa bouche ouverte, je l'imagine replié sur son ventre blanc, parti en lui, en voyage. Peut-être est-il heureux, là, tout de suite, sans moi ?

Je suis impuissante. Johann sort complètement de mon rayon d'influence. Mon petit charme a trouvé ses limites.

Johann m'échappe. Il échappe à tout, il est hors d'atteinte, hors de la vie.

Parfois il revient dans un accès vital. Il veut me voir rire, il veut se promener le long de la Seine, fasciné par l'eau trouble qui coule plus vite que nos pas et passe comme le temps. Il pense à vieillir, il est jeune pourtant.

On fait l'amour un peu comme on meurt, dans l'état aveuglant des corps qui jouissent et retombent inertes. Lorsque mon prince me lâche dans cette apesanteur, je le sens mollement pris entre vivre et mourir, aimer et détruire.

C'est le printemps, je suis une fleur. J'ai rendez-vous chez un producteur. Un gros.
– Très influent ! me dit-on. Il fait la pluie et le beau temps !
Ce doit être un bon jour, le ciel est radieux.
Je l'ai croisé deux ou trois fois lors de soirées.
Parc Monceau, je suis à l'heure, lui aussi. Les bureaux sont beaux et modernes, il y a des tableaux abstraits aux couleurs vives sur les murs.

Il me parle de nos quelques rencontres, de son souvenir de moi, de ce qu'il sait, de Berlin, de *Rouge baiser*, de mon supposé talent, de mon avenir, de la pluie et du beau temps. Il parle comme un moulin, le regard oblique, braqué sur ma bouche. Il se lève, continue de parler en mode automatique, du rôle, de l'époque, du metteur en scène, des autres acteurs déjà choisis, il ne manque que moi...

Je ne l'écoute plus, je vais partir.

Le seul désir que je sens s'est posé sur mon épaule. Une main un peu fripée, carrée, volontaire, sûre, sèche.

Je me lève, le remercie, je suis bien élevée.

– Vous n'aurez donc pas le rôle, vous le savez ? Tu sais pourquoi, hein ? Tu t'en vas ?!

Les mots se pressent, sa voix douce s'énerve, il avance le dos de ses doigts vers ma joue pour me caresser. Je tourne la tête, je pars. Je cours dans l'escalier, à travers le parc, puis je marche, essoufflée, la tête haute. Je me souviens de la question de la journaliste : « Vous devez vivre un vrai conte de fée... »

– Alors, le producteur ? me demande ma mère, attentive à mon emploi du temps.

– C'était pas un rôle pour moi.

Johann insiste à nouveau pour que l'on fasse ensemble un test sanguin. J'accepte, je fais tout ce qu'il veut. Nous marchons main dans la main vers le laboratoire comme on va à l'église. Je ne comprends toujours pas son insistance et l'importance du test. Quoi qu'il y ait dans notre sang, je m'en fous. Je suis amoureuse. Pour la première fois je ne me sens plus seule, on se ressemble. J'éprouve la force de me battre pour lui, de le sauver. S'il était malade, je le soignerais, je pourrais lui donner ma vie, que vaut-elle, ma vie ? Cadeau sublime et absurde que l'on peut faire à 17 ans. « Vertiges de l'amour... », je chante Bashung.

Quelques jours plus tard les résultats me parviennent par courrier. Laboratoire Vernes, c'est écrit sur l'enveloppe, en haut à gauche avec l'adresse et le nom de la rue où nous marchions mariés. Ma mère met de côté sans jamais l'ouvrir le courrier qui arrive pour moi dans leur boîte. Je l'ouvre vite, toujours curieuse de savoir ce que l'on me veut. Je ralentis mon geste sur l'enveloppe du laboratoire, j'ai un peu peur d'un coup. Mon nom est tapé à la machine : « Charlotte Pascal, dite Valandrey ».

Je ne vois que ce bout du courrier derrière le petit calque. Qu'y a-t-il sur le reste de la page ? Je pense à Johann, a son enveloppe à lui. J'ouvre la mienne.

« Sérologie VIH négative. »

Je savais bien qu'à 17 ans tout va toujours bien !

Ils me conseillent de refaire un test « ultérieurement » pour être sûre. On verra. J'ai d'autres choses à faire.

Je dois partir bientôt en tournage au Canada, loin, seule.

Mes valises sont prêtes, depuis quelques jours déjà. C'est maman qui les a faites.

Aujourd'hui, c'est le départ. Johann est venu me chercher. Il m'accompagnera à l'aéroport, c'est gentil, je ne m'y attendais pas. J'embrasse mes parents et ma sœur. C'est la première fois que je pars si loin. À voir leur tête, j'ai l'impression de partir à la guerre. Je ris pour les rassurer.

Dans le taxi Johann me demande si j'ai eu les résultats du test. Oui, oui, tout va bien.

Enfin, tout va mal, je suis triste, je vais partir sans lui.

On se dit que rien n'est fini, qu'on s'aime, que deux mois ça passe vite. De toute façon, il viendra me rejoindre bientôt sur mon île canadienne, m'annonce-t-il pour me consoler. Nous arrivons à Roissy, il pleut, bien sûr, fort, un temps pourri pour une journée pourrie, tout est raccord.

On roule au pas dans la file de voitures, je demande au chauffeur de me laisser là, au début du terminal, je marcherai, on va arrêter de se faire du mal. Johann m'embrasse avec avidité, en urgence. Je n'arrive pas à pleurer, je suis en colère contre moi-même, contre tout, je dois partir, je vais travailler. Je me croyais artiste et libre. Je dois quitter mon prince, c'est contractuel. M'attendra-t-il ? Se perdra-t-il sans moi ?

Je marche dans le terminal, je regarde les panneaux d'affichage qui se ressemblent tous, arrivées, départs... Ceux qui partent marchent plus vite, pressés. Pas moi. Je traîne mes bagages par terre comme une SDF. Dans le reflet des portes automatiques de ce labyrinthe en rond, je me vois toute petite avec mon grand sac comme la coquille d'un escargot.

– Les passagers du vol Air France 712 à destination de Montréal sont priés de se présenter porte 15 pour embarquement immédiat.

Xylophone et voix douce pour m'annoncer que l'amour bat de l'aile.

Nous tournons les fous de Bassan sur l'île Bonaventure, point de terre sauvage au milieu de l'eau, couvert d'herbes hautes balayées par un vent permanent. Pas besoin de ventilo. C'est vert, c'est la nature, la grande. Le soir nous rentrons dans cette maison à étage que nous partageons à plusieurs comédiens. Au rez-de-chaussée, se trouve la pièce importante, celle qui fait tout, cuisine américaine, salon des rires et des pleurs, salon TV, salle à manger, *dance floor* et cabine téléphonique.

– Charlotte, c'est pour toi !

Je descends vite. L'appareil est fixé au mur. Je prends le combiné. Le fil est long et permet de marcher, comme les laisses de chien extensibles.

C'est Johann, enfin. Je l'ai appelé plusieurs fois sans pouvoir lui parler. Sa voix est basse, faible, presque inaudible, cela m'énerve. Il me dit qu'il ne viendra pas, qu'il ne pourra pas. Il veut arrêter. C'est fini, rien à dire, il ne s'explique pas, ne regrette pas, n'est responsable de rien :

- On va arrêter, Charlotte, c'est pas grave, on va arrêter.

On arrête, je raccroche, je tranche.

On est loin. J'aurais voulu qu'il le dise devant moi. J'aurais voulu le prendre dans mes bras pour qu'il comprenne, pour qu'il arrête de dire qu'on arrête. Il n'aurait pas résisté, il le sait. Le Canada est peut-être l'éloignement qu'il attendait.

Je suis larguée, jetée, frappée.

Je me souviens de ses mots brutaux, de sa voix douce comme un reste d'amour.

Pour la première fois, je pense à mourir. Je l'aime comme on aime à mon âge, entièrement. Il n'y a rien avant lui et rien après. L'amour se barre pour toujours. Ma quête s'arrête là, net, sur mon île perdue. Avis de mauvais temps, le froid défie l'été, l'horizon est bouché, c'est la fin du voyage.

– Un de perdu, dix de retrouvés ! me dit ma mère inquiète au téléphone. Des mots tendres et banals qui ne veulent rien dire quand on a mal, si, qu'elle m'aime.

Je me traîne, je tourne, au ralenti. Une scène difficile, une scène de suicide… Je tombe dans l'eau froide, presque inconsciente. L'accessoiriste court et me relève. Je grelotte, je pleure, je me cramponne à lui. Il me parle avec cet accent drôle et gentil. Ça sonne comme une berceuse qui me raisonne. Il s'appelle Louis. Il me comprendra, me portera, nous nous lierons d'une belle complicité, je finirai le film grâce à lui.

De retour en France, je file en Bretagne pour tromper ma solitude qui gueule plus que d'habitude. L'été se termine.

La petite vedette est de retour du Canada où elle était en tournage. Elle a dû manger du homard midi et soir, elle en est à son troisième film, on la voit toujours dans les journaux, elle doit avoir plein de fric, elle est jeune, belle et en bonne santé, que demander de plus ? Si la petite vedette fait la gueule, c'est qu'elle se prend pour une star. On ne me comprend pas.

Le soir, je me promène sur la plage, dans le calme et la pénombre. Je regarde la mer qui relie les terres, cette même mer que je vois partout et qui me suit comme un fil.

Tiède ou froide, verte ou bleue, profonde ou plate, la même mer. Celle qui pourrait m'emmener, tremper mes cheveux, laver mon cœur.

Je rentre à Paris. Je sors tout le temps. Je passe mes nuits dehors. Je suis amaigrie, insomniaque, agitée et vide.

Johann me manque, sa présence alentour est insupportable. Je m'assomme de musique forte, je commence à beaucoup fumer.

Au hasard d'une soirée, je rencontre Julien. Son nom d'artiste est le refrain entêtant d'un tube du moment écrit pour lui et que tout le monde crie sans rien comprendre, sur les pistes, toutes les nuits, cela m'amuse. Il est beau, drôle, totalement bizarre, à part. Il vit la nuit, joli vampire allergique au jour. Il me rappelle Johann. Je me laisse séduire. Nous passerons quelques semaines à danser jusqu'au matin.

Julien se drogue et ne s'en cache pas. Nous mettrons vite un terme à notre relation. Je l'oublierai comme il m'oubliera, facilement, au gré d'un autre regard, d'une autre ombre.

Je suis invitée à un festival de cinéma : Val Rock à Val-d'Isère. C'est toujours sympa, les festivals. On sort beaucoup, on voit parfois de bons films qu'on ne voit que là, on fait des rencontres, les soirées sont animées, et ici on fait souvent du ski.

Ce soir, il y a Serge Gainsbourg au bar de l'hôtel. Il m'invite à sa table, il me salue, il m'a vue au cinéma. Je le connais peu, je n'écoute pas sa musique. C'est pas mon style, pas de mon âge. Il a une mallette pleine de cigarettes comme un trafiquant. Il me propose un verre, il articule mal, ne cherche pas vraiment à se faire comprendre. Il est élégant.

Il fait parfois de grands gestes avec les mains, l'index levé puis plus rien. Ses fougues retombent, il se parle à lui-même, ses yeux roulent, il est drôle et charmeur.

135

Son regard est noir, tendre et mouvant, il ne se pose pas. Je passe une soirée agréable près de lui. Avant de partir, il me donne rendez-vous à Paris. Je réponds : « Oui, avec plaisir ! » J'irai le voir.

Tout le monde se donne rendez-vous ici, c'est l'activité principale des festivals, la foire aux rendez-vous. On se convainc d'être occupé, désiré.

De retour à Paris, Serge Gainsbourg me contacte. Il m'invite chez lui rue de Verneuil. J'y vais.

Tout est noir du sol au plafond, il y a un juke-box, il est seul, exactement le même que l'autre fois. Je comprends qu'il pourrait composer pour moi, il aime ma voix. Je chante un peu pour lui, pour qu'il m'entende. Je chante juste. Ma voix est plus aiguë que lorsque je parle. Il évoque quelques chansons, quelques mots, il aime mon insolence de Lolita, ma juvénilité, mon regard. Je lui dis pourquoi pas, je le quitte un peu plus tard, je ne me sens pas très à l'aise dans son univers. Je ne le reverrai pas, ne le recontacterai pas. Je n'agirai jamais par opportunité, « pour ma carrière », je me laisserai porter par mes goûts, mes envie du moment.

Je n'avais pas envie, je connaissais mal son talent, je préférais le rock, le bruit, je ne voulais pas jouer avec les mots, mais les faire sonner, gueuler.

Vanessa Paradis réalisera quelque temps après un album magnifique avec lui.

– Tu fais quoi cet après-midi ? Je cherche une copine pour aller au cinéma. Je n'ai rien à faire de précis, juste un rendez-vous demain avec un metteur en scène.

– Je vais faire un test pour le sida, me répond ma copine.

– Un test VIH ! T'as pas autre chose à faire ? Un ciné ou même une balade, avec ce ciel bleu ?

– Non, je reporte sans arrêt ce test, je veux le faire, je me suis promis d'y aller cet après-midi, je t'en supplie, Charlotte, ne me tente pas ! Tout le monde fait des tests autour de moi, alors moi aussi.

– T'as pris des risques ?

– Pas vraiment, j'ai couché avec quelques garçons sans capote comme la moitié de Paris, c'est tout.

– Ben moi aussi. J'ai fait un test il y a quelques mois, négatif.

– Viens avec moi alors, ce sera moins glauque à deux.

– OK, en plus on m'avait dit de le refaire.

Pas de cinoche, pas de balade. On va au labo. Cela fait quelque temps que j'y pense en fait, depuis le premier test et les consignes du laboratoire Vernes. « Il conviendra de renouveler ce test ultérieurement pour valider le présent résultat. »

Je dois être un peu parano, je ne suis pas dans la cible, ça ne touche que les homos et les toxicos, les femmes sont très peu affectées. Et puis j'ai 17 ans, je suis immortelle. Pourtant mon instinct me dit qu'il faut le refaire, ce test. Peut-être qu'un jour le ciel me tombera sur la tête, que ma bulle pétera, qu'on me tendra bientôt l'addition de mon petit bonheur, de mon insouciance.

Prise de sang. Je ne regarde pas l'aiguille, comme une petite fille. L'infirmière me tend un coton imbibé pour presser la veine et sécher la pointe de sang sur mon bras blanc. Ce point rouge sur ma peau me rappelle un bras un peu tuméfié, vague souvenir oublié. J'ai vu tellement de choses déjà. Je ne crois pas à la possibilité d'être contaminée. Pas moi.

– Vous souhaitez qu'on vous envoie les résultats ou vous viendrez les chercher ?

– Je préfère par courrier, je ne suis pas du quartier.

– Comptez une dizaine de jours.

– D'accord.

J'ai rendez-vous avec Jean-Claude Brisseau. Il est metteur en scène, il prépare un nouveau film, *Noces blanches*. J'aime bien le titre, moi qui, secrètement, rêve déjà d'être épousée. Il cherche son héroïne, il m'a parlé de l'histoire, du rôle de cette adolescente paumée, solitaire, mystérieuse, amoureuse. Il trouve que je suis pile le rôle. Notre première rencontre s'est bien passée, pourtant j'ai du mal à savoir ce qu'il pense vraiment. Il est peu démonstratif, assez abrupt, intransigeant. Il doute, il veut me revoir.

J'ai ma mère au téléphone comme chaque jour, je lui fais part de mon enthousiasme, de cette rencontre, de ce rôle que je pressens comme important, déterminant. J'ai la flemme d'aller la voir. Je demande des nouvelles de mon père, de ma sœur. Avant de raccrocher ma mère me dit qu'elle a du courrier pour moi. Elle ne comprend pas pourquoi il n'est pas systématiquement mis dans ma boîte. Elle me demande si mon nom figure bien dessus : C. Pascal/Valandrey, de vérifier que personne ne l'ait enlevé, comme c'est déjà arrivé.

–Je passerai dans la semaine, maman, promis, je dois me reposer, demain je fais les photos pour la pub, tu sais, les rouges à lèvres. Je t'embrasse fort.

Le ciel est clair aujourd'hui, il blanchit la rue des Meuniers en ce début d'hiver. Je suis en retard, j'ai rendez-vous aux Champs-Élysées, je dois faire des photos pour une publicité, pour un rouge à lèvres. Je vais gagner 200 000 francs pour une journée de travail. Je pourrais acheter un studio comme celui que j'habite, c'est exactement son prix. Non, je les dépenserai. 200 000 francs... j'ai l'impression d'être grande, riche, importante. Et si chaque jour de ma vie valait désormais 200 000 francs ? Les choses se brouillent un peu dans ma tête. Quelle est la valeur de l'effort, du travail, de l'argent ? Je pense à Papoum, à mon éducation. Il faut faire des études pour avoir une bonne situation, gagner sa vie pour lui donner un cadre, il faut la construire petit à petit, tout cela prend du temps. Une fois construit, le nid sera solide et permettra d'accueillir un mari, des enfants, une nouvelle famille qui continuera pour des siècles et des siècles ce cycle de prospérité. Toute la vie se construit dans le temps, se mérite, pas à pas, sou par sou. Aujourd'hui je vais gagner 200 000 francs, sans études, sans effort, juste comme ça, parce qu'on parle de moi, parce qu'on me reconnaît dans la rue et parce qu'une foule de gens que je ne connais pas m'aiment bien, rêvent sur la nouvelle petite bouille du cinéma français et achèteront son rouge à lèvres. J'imagine tous les passants maquillés de rouge comme des clowns, qui me font des bises marquées de rouge. Il y a du rouge partout, c'est absurde et drôle. Exactement comme mes 200 000 francs, mon petit pactole.

Je suis épuisée, je rentre directement chez mes parents trouver un peu de réconfort. Mes cheveux sont méchés, figés dans la laque, mes lèvres sont fatiguées de ce rouge posé, enlevé, tartiné, gratté, corrigé, laqué. Je ne pouvais rien dire, 200 000 francs... J'ai souri, la photo n'est pas mal, toujours cet air que je me donne, cet air d'une autre. Je me suis déguisée pour gagner ma vie.

J'embrasse ma mère qui soulève mes cheveux et regarde chaque mèche, cela me vieillit un peu, dit-elle, je fais plus femme, elle me préfère enfant. J'embrasse mon père qui me répond par un tendre sourire sans quitter la télévision du regard. Aude dort déjà. Je raconte ma journée à ma mère. Je suis lasse, je vais dormir. « Tiens, ton courrier, ma chérie ! » Je rentre chez moi.

Allongée sur mon canapé, je fais défiler mes messages et regarde les enveloppes. Une amie m'a écrit de Thaïlande, c'est gentil. Je pense que la carte, qui montre une plage, un palmier, la mer bleue comme peinte à la gouache, pourrait venir d'à peu près n'importe où là où il fait toujours beau. Les mots au dos sont interchangeables,

elle a dû les écrire de l'aéroport, la même chose pour
tout le monde, elle s'est concentrée sur les adresses et
les prénoms.

Laboratoire Chambon, rue de Clichy. Je m'arrête sur
cette enveloppe sans palmiers, sans soleil, je l'attendais.
Elle est blanche avec toujours ce petit rectangle de calque
transparent. Mon nom, mon adresse ont sûrement été
tapés à la machine par une secrétaire mécanique qui tape
indifféremment tous les résultats d'analyse du laboratoire
Chambon. J'ouvre d'un geste lent, je sais que c'est important. Je dors mal depuis quelques jours, ma légèreté s'est
faite plus lourde, je dois attendre mon enveloppe. Pourtant, je n'y crois pas, je me convainc que je n'ai pas peur,
que la tuile est impossible.

Je déplie le courrier, le lis de travers, puis m'arrête sur
cette ligne, « sérologie VIH positive ».

Sérologie VIH positive...

Je suis paralysée, ma tête se retourne à l'intérieur de
moi. Je ne sais pas précisément ce que cela veut dire, mais
je sens que c'est grave. J'écoute immédiatement mon
cœur battre, je regarde mon corps, galbé, bien en chair,
ma peau tendre et rose, uniforme, mes bras, mes mains,
tout semble normal. J'ai un corps de gamine, un corps de
18 ans que j'aurai dans quelques jours, joyeux anniversaire, Charlotte.

Je vais dans la salle de bains, je me regarde encore, je
n'ai pas changé, juste cette couleur de cheveux, mon
sourire est toujours là, mes yeux sont toujours bleus, un
peu tristes ce soir quand même.

Pourquoi moi ? Pourquoi ça ? Pourquoi ?

Je crois qu'il n'y a pas de traitement, alors quoi faire ? J'aimerais faire marche arrière comme après un accident, quand on s'en veut tellement qu'on aimerait refaire la scène, juste une fois, revenir sur ce passé si présent qu'on le touche encore, juste un pas en arrière, avoir une autre chance.

Tous les gamins font des erreurs de jeunesse dont on parle avec tendresse, la mienne semble irrémédiable, irréparable. Pourquoi frappe-t-on si fort sur mon corps de gosse ?

J'ai pas eu le temps de grandir, on ne m'a rien dit, j'ai juste entendu deux, trois trucs à la télé, c'est tout. Je n'ai pas fait attention, mais attention à quoi, à l'amour ? Il faut aussi se méfier de l'amour ? J'ai été naïve, princesse immortelle comme toutes les filles de mon âge, peut-être un peu plus. Je revois les baisers, les étreintes, mon corps pénétré, je n'ai fait que l'amour.

Oublier ! Je vais oublier, tout simplement, comme quand j'ai mal. Je vais faire comme si de rien n'était, en être tellement persuadée que mon corps oubliera aussi, que tout ira bien. La lettre ne sera jamais arrivée, je n'habiterai à pas à l'adresse indiquée, retour au laboratoire pourri de la rue de Clichy.

Oublier, je n'ai pas le choix. Je vais vivre plus vite, instinctivement, je vais gagner du temps, je vais accélérer, m'étourdir, tournoyer jusqu'à tomber, ne plus penser à cette lettre, à ce truc dans mon sang que je ne sens pas, à celui qui sans le savoir m'a donné la vie fragile et l'amour contagieux.

Je ne saurai jamais qui. Cela me manquera, j'aurais voulu partager, lui demander : «Comment ça te fait, à toi ? Tu te sens différent ? Qu'est-ce qui va se passer maintenant ? On va continuer de vivre ? On va s'aider, on va guérir ?» Il m'aurait répondu oui et ma peur serait partie.

Mais je reste seule, j'ai la garde monoparentale de mon secret. Seule coupable de mon gâchis. Pendant des années, je serai incapable d'ouvrir mon courrier, paralysée à la vue d'une enveloppe avec un bout de calque.

Les lettres s'entasseront au fil des mois, je m'en fous, je ne veux plus de nouvelles, bonnes ou mauvaises, plus de nouvelles, qu'on me laisse tranquille.

Maman relit fixement le courrier sans pouvoir le lâcher. Elle est effondrée. Mon père est silencieux, il tourne et vire dans l'appartement. Il se souvient, il réfléchit, comment sa fille a-t-elle pu attraper ça ? Il repense aux garçons autour de moi, il prononce leurs noms, il s'emporte, il dit se souvenir de quelques mots, de certains indices, il pense être sûr. Ma mère se fout du coupable et me prend dans ses bras. Je n'oublierai pas son étreinte et l'immensité de la tristesse qu'elle ravala ce jour-là. Elle ne pleura pas devant moi, merveilleuse protectrice. Elle déglutit, la bouche fermée, le cou noué sur mon épaule.

– Il ne faut rien dire ! Ne pas parler, à personne.

Le silence fut la consigne familiale, le silence en remède, en aide pour vivre. Je ne dirai rien, jamais, sauf à mes amoureux et à quelques personnes tendres qui pourront m'entendre.

Le lendemain, je me réveille comme tirée d'un cauchemar. La lettre est toujours là, je la relis une dernière fois avant de la jeter.

L'hiver aujourd'hui est froid et sec, clair, le ciel est lumineux, indécent, son éclat me rappelle ma consigne : vivre, oublier mais continuer de vivre !

Je stoppe le disque que j'ai fait jouer machinalement, je n'écouterai plus de musique, jamais. Seule, je resterai silencieuse, je ne chanterai plus, je ne tricherai pas avec moi. Je sourirai aux autres, je danserai avec eux, je donnerai ma vitalité en spectacle, je ferai semblant, je serai actrice de ma propre vie.

Je ne contrôlerai plus rien, je ne ferai plus de projets, je tournerai tout, n'importe où, je travaillerai le plus possible, je travaillerai encore, je multiplierai l'effort comme on se débat.

En 1987, on disait que les séropositifs vivaient trois ans en moyenne. J'ai tenu dix ans avant la trithérapie.

147

Dix années à aller seule faire mes prises de sang. Dix années à trembler sans le dire à chaque contrôle, dix années à surveiller ma longévité, à espérer que les statistiques se trompent, que rien de ce que l'on prédit ne se passe et que la vie me reste.

J'ai un nouveau rendez-vous avec Jean-Claude Brisseau, je suis en retard, je file.

Dans le hall, j'appelle l'ascenseur, j'entends le mécanisme se mettre en marche. La lourde machine coulisse et descend, les portes s'ouvrent lentement, je rentre, je me regarde dans la glace juste en face. L'éclairage est cru, je regarde ma peau de très près, le fond de mes yeux, ils sont bien secs, bien bleus.

– Attends ! Attends, Charlotte !

C'est ma voisine. Elle glisse son chausson dans la porte qui se referme et manque de la piler, elle pousse un petit cri, écarte les portes de ses mains tachées, j'appuie sur la touche avec les flèches vers l'extérieur, elle rentre en baissant la tête.

– Mon Dieu, je me suis fais peur ! Excuse-moi, bonjour, Charlotte.

L'ascenseur démarre. Le clic au passage de chaque étage retentit. Nous restons silencieuses.

– Je t'ai vue, me chuchote-t-elle. À la télévision avec Michel Drucker, j'ai reconnu ton rire. Je l'entends souvent à travers le mur, il me réveille parfois, comme ta musique.

J'ai mis mon canapé contre la cloison. Tu es bien calme depuis quelques jours. T'étais drôlement bien à la télévision, à l'aise, souriante, on avait l'impression que tu avais fait ça toute ta vie. Vraiment... C'est formidable. J'ai mis un peu de temps à réaliser, puis j'ai fait le rapprochement avec ce nouveau nom sur ta boîte aux lettres. J'ai d'abord cru que tu hébergeais quelqu'un mais comme je ne vois personne, j'ai compris, c'est ton nom de scène, forcément, la Bretagne. C'est joli. Ta mère doit être fière. Il est gentil, Michel Drucker ?

– Oui, très gentil.

Elle me tend un petit cahier à spirales avec un bic dont le capuchon est déjà enlevé.

– Tu veux bien signer mon carnet ?

Je signe sa page. « Pour Catherine Blanchot avec mes amitiés. Charlotte. » Je dessine ce petit lasso au bout de mon prénom qui repart en arrière et enroule le haut des deux *t* de Charlotte comme une petite fleur avec deux tiges.

– Tu connais mon prénom... ?

– Bien sûr.

– C'est gentil, je te remercie. Ça ne va pas ? Je t'ai entendue pleurer... Pour la musique c'est pas grave, ça ne me dérange pas. Passe une bonne journée, profite, regarde comme il fait beau, tu es si jolie, si jeune...

Je pars.

Pendant plusieurs mois je répète le rôle de *Noces blanches* avec Jean-Claude Brisseau. Je lui dis mon secret.

Je connais le rôle presque par cœur. Je passe une chemise d'homme, un caleçon et je joue face à lui. Il me donne la réplique, il me conseille, il cisèle son personnage chaque fois plus précisément. J'aime ce rôle, l'histoire est grave, l'héroïne est jeune, exaltée, entière, perdue comme moi. Le tournage doit commencer dans quelques semaines, les contrats ne sont pas signés, on verra plus tard, il doit s'entendre avec la production.

Je ne ferai pas le film. Il ne me l'annoncera pas lui-même. Les producteurs ne veulent pas m'assurer. Il a dit mon secret. C'est comme ça. Il paraît que c'est lourd à porter, un secret. Rien n'est certain dans ce métier, les choses peuvent changer, vite, jusqu'au dernier moment.

Je suis giflée, muette, stupéfaite. *Noces blanches* se fera sans moi. Je me remettrai mal de cette trahison, de ce coup porté. Je boiterai longtemps.

Je comprends la superstition de certains acteurs qui rechignent à dévoiler leurs projets, tout est tellement incertain et mouvant dans ce monde détonnant où s'opposent souvent des forces contraires, l'élan artistique, le goût du fric, le talent, l'exploitation du talent, la construction égocentrique, la destruction égocentrique. Il arrive même que ces forces s'opposent en une même personne.

Mes deux derniers films n'ont pas bien marché. Le tourbillon autour de moi s'est un peu calmé. Je reste

invitée, accueillie, reconnue dans la rue mais l'effervescence est bien partie, la nouveauté est périmée, je n'ai pas
vraiment transformé l'essai. Les gens du cinéma me
laissent un peu, ils n'ont pas le temps de me faire grandir,
pas le temps de s'attarder, de m'accompagner, il y a tellement d'autres acteurs, plus dociles, plus nouveaux.

Les compliments font place aux réserves, les appels
sont moins nombreux, les projets deviennent flous. Le
désir se tasse. Je n'ai pas 20 ans.

J'ai rencontré François sur un tournage. Il ressemble à Depardieu en plus petit. Il est électricien. Il aime son métier, c'est un passionné. J'aime bien les techniciens. Ils me rassurent, ils sont terre à terre, ingénieux et artistes. Ils ne sont pas dans la lumière, il la tamisent, la dosent, la font couler sur les visages, ils lissent le teint, noient les cernes, ils aiment les acteurs.

François est gentil, profondément, simple, d'humeur régulière. Il ne se drogue pas, ne boit pas, ne fume pas. Il parle peu, il est présent tout le temps. C'est important. Je lis dans ses yeux une dévotion inconnue. Je brille d'un nouvel éclat. Il me prend dans ses bras, il est large et moi menue. À mon secret il répond que ce n'est pas grave. On n'en reparlera jamais, on ne parlera pas des choses importantes. On s'inscrira dans une vie que je n'ai pas connue, une vie de couple, une vie normale. Il a des loisirs de mec, c'est un casse-cou, il aime le motocross et sa petite actrice, sa belle. Je m'habitue à son désir calme, à ses silences, à cette relation sans passion dure comme le fer. Ma mère l'aime bien, c'est bon signe. Elle comprend qu'il me calme, m'équilibre. Il me fait rire aussi. C'est un

153

pitre, il refait les accents et les gens autour de lui avec pré-cision et dérision. Il a cet œil aiguisé qui retient les expressions, il reprend les tics, les gestes, les marques des autres et me les livre en un spectacle unique qui me fait plier de rire. Je ris à nouveau. J'aime rire.

Il est mordu de moi, il n'explique rien, il a raison. Nous restons plusieurs années ensemble.

Mes doutes se taisent puis reviennent. J'ai parfois l'impression de ne pas mériter son amour brut et total, je n'en vaux pas la peine. Je m'ennuie aussi, un peu. Si tout va bien que reste-t-il à vivre, à découvrir de soi et des autres ? Ma croisade est-elle finie ? Où est l'amour dans ce lien sans souffrance ? Je le cherche sans cesse, je le teste. François supporte l'anxiété qui me frappe parfois, l'indécision qui me tiraille, mes crises de larmes sans raison, mon égocentrisme de petite vedette et mon orgueil blessé. François m'aimait.

– Ta mère n'est pas bien, ses migraines ne la lâchent plus. C'est une douleur vive centrée sur l'œil gauche qui la perce. Elle s'entête, ne veut pas voir de médecin, elle dit que ça va passer, je vois bien qu'elle souffre plus que d'habitude, j'ai pris rendez-vous quand même.

Mon père est inquiet.

Le visage de ma mère s'est brutalement amaigri, il est tendu par une douleur quasi permanente, plus vive, plus présente que ses maux de tête connus, qu'elle combat habituellement dans l'obscurité et le silence. Maman ne vient plus à bout de cette «lancinance». Je l'embrasse quand je passe, je suis peu disponible, je travaille, je fais de la radio, des films, des téléfilms, j'ai toujours autre chose à faire. Je fuis, c'est trop à supporter.

Je l'appelle.

– Tu vas voir un médecin ?

– Ton père a pris rendez-vous pour moi, nous irons dans quelques jours.

Je ne peux pas envisager que ma mère soit malade. C'est inenvisageable. Ma mère est immortelle, je tiens d'elle. Elle est mon cadre, elle ne partira pas, pas avant moi. C'est mon abri, un puits où je bois souvent, le réceptacle doux de mes humeurs, de mes doutes, des mes exubérances, c'est le tendre de mon enfance.

– Ils ont gardé ta mère, elle est à l'hôpital, ils lui font des examens.

– Ils t'ont dit ce qu'elle a ?

– Non, ils cherchent, son œil est touché, il ne suit plus la lumière, ne voit plus comme l'autre. Elle s'en était aperçu sans le dire.

– Tu m'appelleras ?

Son œil gauche doit être enlevé et remplacé. En quelques jours le cancer est entré chez nous en silence, en secret, son nom ne sera pas prononcé.

Je me suis parfois demandé : pourquoi son œil ? Pourquoi là et pas ailleurs, pourquoi elle et pas moi ?

Qu'a-t-elle vu qui la tue ? Quel est le lien, la logique, aucune ? Pourquoi ses yeux qu'elle a si beaux, ses yeux qui nous parlent plus que sa bouche ?

Maman est opérée, traitée, irradiée.

– Il faudra vous surveiller, lui ont dit les docteurs.

Le mal a été décelé un peu tard. Ma mère a tardé à dire qu'elle avait mal, c'était normal pour elle d'avoir mal.

Maman l'élégante est meurtrie par cette mutilation, ce travail bien fait.

– Ce n'est pas grave, on ne voit presque rien, lui dit-on souvent en réconfort de pacotille.

La minimisation du mal affecte le malade comme un reniement.

Il aurait fallu dire à ma mère :

– Tu y arriveras, tu passeras cette épreuve, tu changeras, tu t'ouvriras, tu te libéreras. On va continuer de vivre ensemble, mieux. Tu es toujours belle et tu le resteras.

Personne ne lui dit rien, je ne dis rien non plus. Je ne lui parle pas de son œil alors que le moindre petit bouton sur moi me panique. Je suis trop concentrée sur mon mal que je dois taire aussi.

Le champ de vision de ma mère est rétréci, sa vie se resserre, se raccourcit, elle le sent, elle est malheureuse. Pourtant elle ne l'exprime pas, elle veut nous garder confiants, c'est sa façon à elle de nous aimer maintenant. Elle comprend dans sa peur de partir l'amour qu'il lui reste à donner. Ses baisers deviendront plus tendres, ses lèvres se colleront un peu plus fort sur nos fronts.

Maman commence ses au revoir bien avant sa fin.

Parfois, je la surprends, de guerre lasse, figée dans ses silences de pierre. Ma mère partage sa vie entre ce que l'on dit et ce que l'on ne dit pas. Je garderai une aversion pour ce silence qui tue ma mère, pour ces choses que l'on doit garder pour soi, bien au cœur de soi, sans savoir vraiment pourquoi. J'évacuerai les maux par les mots le plus possible, comme je le fais aujourd'hui.

Il faut parler, gueuler, dire à la vie ce qu'elle nous fait, dire aux autres ce qu'ils sont, être un agent actif, un acteur vivant.

Le silence n'est pas d'or, il ronge et bouffe les corps les plus tendres. Maman était tendre.

Avec le temps, mon amour pour François passe, mes doutes reviennent plus forts, ma part sombre fonce.

Ma mère est malade, suis-je coupable, est-ce mon mal qui la ronge ?

Je me convainc que je n'aime plus François, que je ne supporte plus sa peau, que l'amour, le vrai, m'attend ailleurs, que ce bonheur n'est pas pour moi.

J'envoie voler les éclats de rire, les moments au creux de ses bras, les soirs où il était là quand je rentrais, simplement là. J'efface les jours où grâce à lui j'oubliais mon secret en riant. Je vais finir lentement de saper l'amour, je vais continuer mon périple hasardeux, je suis faite pour ça.

François n'a jamais voulu se protéger, casse-cou de l'amour, pas de filet, peu de capotes. Il s'en fout. «Ce n'est pas grave», il est sûr de lui. Cela me paraît à la fois beau et odieux, je ne sais pas. Cette façon de rapetisser mon secret comme s'il n'existait pas m'est insupportable. On refuse cette part de moi qui me hante sous mon sourire, cette épée sur ma tête que je regarde parfois sans savoir quand elle tombera.

Je comprendrai trop tard que « c'est pas grave » voulait dire « je t'aime bien plus que tout ça ».

Un matin dans la salle de bains je remarque mes seins plus gonflés que d'habitude. François aussi les voit, il les caresse sans rien dire. Mes règles sont passées de plusieurs jours, je fais un test, je suis enceinte.

Je n'avais jamais pensé que c'était possible, que je pouvais donner la vie dans mon état. François semble heureux, peut-être l'attendait-il. Je suis surprise. Nous consultons un médecin. Le spécialiste nous annonce qu'il y a une chance sur deux pour que l'enfant soit affecté. Une chance sur deux... Je ne peux pas prendre le risque. Je ne supporterais ni l'attente ni ce jour possible où l'on m'annoncerait une autre fois, une dernière fois, la mauvaise nouvelle.

C'est impossible, j'avais raison, je ne peux pas donner la vie. Je décide d'avorter, François ne dit rien, il est touché. Il me laisse faire. On ne se parle pas, je le regrette, j'aurais aimé qu'il se prononce, que l'on consulte d'autres docteurs, que l'on épuise toutes les chances, que l'on pèse précisément chaque risque, que l'on se batte un peu plus. Non, c'est foutu, pas d'enfant, pas de suite à notre histoire.

Je me souviens d'avoir été heureuse de porter la vie en moi quelques mois.

Un week-end, je l'accompagne à contrecœur à une compétition de motocross. Il se casse la gueule dans les bois, le choc est violent. J'entends les pompiers, je comprends que c'est lui là-bas dans la boue qui crie, les dents cassées. Je ne ressens pas de peine, j'ai honte. J'ai réussi, je ne l'aime plus, je le déteste presque. Il me rappelle l'amour que je ne mérite pas, la vie avortée. Je me saborde. Je partirai avec un autre garçon, je lui présenterai une belle amie. J'ai la force de rompre, lui ne veut pas. Je pars quand même.

J'ai revu François il n'y a pas longtemps, il m'a dit :
– Tu sais que notre enfant serait presque adolescent ?
Je n'ai pas su quoi répondre.

Il a eu une petite fille sans refaire sa vie.

J'ai reçu une invitation pour remettre un César, un César technique. Mon invitation pour le bal du cinéma me fait plaisir, je me croyais un peu oubliée. J'accepte, cette fois je n'ai rien à perdre, au contraire, j'ai une revanche à prendre, pas le trophée, la robe !

Dior, entre autres couturiers, met à la disposition des « hôtesses VIP » de la cérémonie une collection de robes, « sublimes ! » me dit l'attachée de presse.

Arrivée dans le show-room, une dame m'accueille gentiment, un peu surprise. Je porte un jean avec des marques de bic, des baskets, un pull particulièrement « déstructuré » et ne suis pas maquillée. La dame a un accent nordique imprécis, une élégance affectée, un port de tête rigide et un chignon Air France. Elle me parle doucement comme si j'avais du mal à suivre, elle ne me connaît pas.

– Quel style de robe souhaitez-vous porter, mademoiselle ?

– Une robe couleur du temps !

– Couleur du temps ?! Du temps qu'il fait ou du temps qui passe ?

Encore une folle, doit-elle penser.

– Les deux ! En fait, je vous explique. Ça ne veut pas dire grand-chose, c'est juste la jolie réplique d'un joli film. Je voudrais une robe de princesse ! Une robe étincelante ! Avec de l'argent, des perles de verres, des gouttes de cristal, une robe de malade ! dis-je, excitée et amusée de la bouche ouverte de la pseudo-Suédoise.

Elle ne répond pas et répète doucement les mots qu'elle a compris. Une robe de princesse... Une robe de princesse...

Elle se dirige vers un portant et soulève une robe, une seule.

– Celle-ci vous irait ?

– Elle est magnifique ! Elle est encore plus belle, elle est couleur soleil, vous ne trouvez pas ?!

– Euh...

– Si, regardez !

Je saisis la robe, la plaque sur moi et tournoie dans la pièce. Ça brille, les reflets sont changeants, ça tournicote sur les miroirs, ça fait mal aux yeux, c'est parfait !

Je serai belle ce soir, je serai princesse.

Je marcherai comme la Suédoise, je me tiendrai bien droite, je ferai honneur à mademoiselle Facourt. Je prendrai la pose, la jambe droite légèrement avancée, les photographes me fêteront et maman découpera les photos dans les magazines.

La soirée sera douce, la fête sera belle, les gens seront sympathiques. Je renouerai quelques contacts, ferai la bise à mes amis VIP qui me complimenteront sur ma robe.

Je donnerai l'image d'un parfait bonheur.

Rien ne percera sous les fils d'or.

Ma vie sans François part dans tous les sens, je retrouve ma confusion, mon errance, j'ai 25 ans.

Je fais de la radio, de la télé, j'essaie de chanter, de peindre, je fais à peu près tout, je me disperse.

Je fais des rencontres, je brûle la vie, je me supporte mal, je doute de mon métier, de mon talent. Je commence une psychanalyse qui dure encore.

Mes prises de sang sont normales.

Le matin parfois, je regarde mon corps, je l'essuie, je guette. Pas de tache, ma respiration est facile, sans râle, je n'ai pas de maux de tête, je ne vomis pas, je ne perds pas de poids, je suis en bonne santé. Je continue.

Quelques années passent et se ressemblent, je déménage deux fois, chaque fois un peu plus loin de mes parents.

Finalement, j'achète un appartement, je fais la fourmi.

En février 1995, mon examen sanguin révèle pour la première fois une baisse sensible de mon taux de globules blancs. Je me rapproche lentement du seuil de vulnérabilité. Le processus est en marche. Bientôt mon corps se défendra mal, puis plus du tout.

J'accélère le rythme de ma vie, je m'étourdis davantage, je sors de plus en plus, je me fatigue puis je dors, je teste mon corps, je l'entraîne, je l'épuise, je cherche ses limites.

Je me drogue de mouvement et d'oubli.

Je fais part à mes parents de mes analyses, il faut bien que je le dise. Je serai peut-être malade, bientôt, incapable de cacher notre secret davantage.

C'est vers papa et maman que je reviens quand je vais mal, quand ma grande gueule se fait petite, quand j'ai peur. Je retourne vers les magiciens de la rue des Meuniers, ceux qui ont trouvé la formule de ma vie et la conservent sûrement quelque part.

Leur parler me fait du bien, rien ne peut m'arriver quand ils sont là.

J'apprends que mon père se tient discrètement informé des avancées de la recherche médicale.

Quelques mois plus tard, il entend parler d'une nouvelle molécule qui vient des États-Unis et donne de bon résultats. Il voit à la télé une émission avec un docteur, un spécialiste dont on entend parler de plus en plus, enthousiaste et prudent : le docteur Willy Rozenbaum.

Mon père lui écrit sans me le dire. J'obtiens un rendez-vous, la lettre de papa l'a touché, elle figure toujours dans mon dossier, je ne l'ai jamais lue.

166

Merveilleux docteur, qui donne espoir juste en souriant, qui s'exprime clairement et maîtrise ce qu'il dit, qui parle des choses graves simplement, avec respect et confiance. D'où vient cette énergie ?

Je le vois souvent. Quand il est près de moi, je redeviens immortelle. Je n'ai pas envie de prendre des médicaments qui me rappelleraient mon mal invisible. Le docteur sent ma réticence et redoute l'impact négatif d'une prescription médicamenteuse sur mon moral. Il attendra avec patience, subtilement, que je sois prête, que je me rende à l'évidence qu'il faut que je me soigne, que mon corps a assez tenu, seul. Je la prendrai donc, cette molécule.

Je ne veux pas connaître les lourds effets secondaires. Je ne suis pas en position de considérer le secondaire. Mes globules s'évanouissent, je vais les réveiller ! Je prendrai ce qu'il faut prendre, je fais confiance au docteur, au défenseur. Willy est protecteur, il garde la vie, mon fort attaqué, il est mon chevalier.

Je décide de voir ses yeux perçants et son beau sourire plus souvent que mon état de santé ne le nécessite ! Le beau docteur tombera peut-être amoureux de la jolie comédienne, du petit bout de femme têtu qui le fait rire.

Le docteur est sensible mais professionnel. Il résistera patiemment à mes élans obstinés. J'étais amoureuse de mon père médical.

Willy Rozenbaum me prescrira mes premières doses d'AZT. Des cachets énormes et ronds dont je ne sais pas quoi faire. Les croquer, les sucer, impossible, le goût est insupportable comme un poison. Avaler ces comprimés

Charlotte Valandrey

m'arrache la gorge. Mon père les pilera dans un peu d'eau tiède que j'avalerai vite, une fois par jour, le matin à jeun, une heure avant le petit déjeuner. J'ai mal au ventre tout le temps, je me tords souvent, j'ai peur de vomir.

Je ne veux plus sortir de chez moi. Je retournerai vivre un mois chez mes parents pour adoucir mon traitement de choc.

Après quelques mois, mon taux de globules remonte, la charge virale baisse, la tendance s'inverse, je revis doucement, je ressors un peu.

Un jour Alain Bonnot, un metteur en scène que j'apprécie, m'apprend qu'il va commencer une série télé pour TF 1 : *Les Cordier, juge et flics.*

Ils ont trouvé le père, la mère, le fils, il manque la fille. Bonne pioche, c'est moi ! pensé-je.

Il me parle du personnage, qui me plaît. Je participe au casting. La production et TF 1 ne veulent pas de moi. Ils cherchent une nouvelle tête. Je n'ai pas bonne réputation, un peu emmerdeuse, un peu droguée, pas très en forme... Ils continuent de chercher un bout de temps. Ils trouvent finalement et tournent un pilote, l'audience est bonne mais ils veulent remplacer la comédienne qui joue Myriam. Alain me demande de refaire des essais, il insiste, il me dit être sûr de pouvoir convaincre, cette fois. Il a raison, on lui fait confiance, je suis choisie

J'irai voir la productrice et lui montrerai mes bras tendus en lui disant : «Je ne me suis jamais droguée !»

La série rencontre vite un vrai succès. Pierre Mondy est un père attentif et courtois, toute la famille s'entend bien. Pas un mot plus haut que l'autre. Le montant de mon cachet par jour de tournage grimpe régulièrement. Je gagnerai jusqu'à 1 million de francs par an. Je tourne de plus en plus. Le public aime cette fille agitée, courageuse, insolente avec un grand cœur. Je redeviens visible. À nouveau, je signe des autographes dans la rue, au restaurant, avec plaisir, ils ont un nouveau goût. Je savoure chaque mot gentil que les gens m'adressent comme pour la première fois. Ces passants sympathiques m'offrent sans le savoir un réconfort ponctuel qui s'accumule au fil des jours et me recharge, me fait exister au moins pour eux, ces inconnus chaleureux qui rendent si bien ce qu'ils reçoivent.

Je réapparais dans la presse, quelques photos, quelques articles, quelques médaillons au hasard des pages télé que maman traque pour continuer ses albums.

Ma mère n'est pas bien. Elle se fatigue sans rien dire, elle perd sa couleur. Un matin, une petite hémorragie de femme la surprend. Le médecin ne voit rien de grave. Maman revient confiante.

Je pars seule en week-end, je reviendrai lundi. Je ne peux pas voir ma mère malade, même un peu, même confiante.

Je vais danser aux Francofolies de La Rochelle, « la plus belle concentration de tendres rockers », me confie une amie déjà sur place. Je vais chercher mon aigle noir. J'arrive vite, je danse sur l'herbe qui fermente sous la foule hypnotisée. La scène est flamboyante, le son assourdissant. Je suis envoûtée, j'envoie des baisers au ciel noir, j'ai espoir, je pointe du doigt les étoiles ardentes de l'été, je pense à maman, à ses insomnies puis j'oublie.

De retour à l'hôtel, je rencontre Agnès, effervescente, qui me promet une belle soirée. Je me refais une beauté, j'avale mes cachets avant de sortir avec un Coca glacé pris dans le minibar.

Erwan est ce beau musicien aux cheveux courts et bruns avec un bouc, un peu prédateur et collectionneur d'actrices, me prévient Agnès.

– Prédateur ? Mais qui mange qui ? Dis-moi ! Ils sont où, les agneaux ?

Ma philosophie ennuie Agnès qui pointe du doigt mon loup. La nuit sera légère et longue, exactement comme je le souhaitais. Je ferai le faon qui gigote devant son gentil prédateur. Erwan voudra me revoir, moi aussi.

De retour à Paris, je retrouve maman. Elle ne va pas, elle fait chambre à part, elle l'a voulu, elle dort mal et ne veut pas gêner.

Je vais la voir le plus souvent possible, autant que supportable. Je dors avec elle comme avant. C'est tout ce que je peux faire, être près d'elle, mettre le corps chaud de sa fille à portée de ses mains. Je ne peux pas parler, je ne peux qu'être là collée. Je la sens bouger, tourner, tendre son bras sous le drap, m'effleurer de sa main sèche, me caresser longuement pour que je comprenne sans un mot qu'elle va bien, que tout ira bien et que je dois dormir maintenant.

Je revois Erwan, ma belle distraction, il est l'amant d'une autre actrice, l'histoire se complique. Agnès avait raison.

Maman est affaiblie, nouvelle hémorragie, plus forte cette fois. Elle est finalement hospitalisée.

Les examens ne sont pas bons. Le mal s'est répandu en elle partout. On parle de cancer, on ne peut plus le cacher. On le voit même sur certaines radios comme des petites grappes. Maman est prise d'assaut. Les traitements sont intensifs. C'est tard, maman le sait. Elle perd ses cheveux, son crâne devient lisse. Elle décide de s'en amuser, de nous faire rire. Elle se singe elle-même, elle parle fort, elle rigole, elle nous aide.

Nous passons l'été au Val-André, un été lumineux où chaque jour compte, nous le savons. Le temps se concentre, chaque moment est une petite vie, chacun des baisers de ma mère est un condensé d'amour, chacune de ses caresses une consigne pour plus tard.

Je craque, je pars, juste quelques jours, Erwan m'a donné rendez-vous à Roissy. C'est fou, c'est bien. Je pars loin de tout, loin de ma mère qui meurt, juste quelques heures. Mon passeport est périmé, j'embarque quand même, je file, je fuis. On part au Canada, puis à New York, puis on revient. Je retourne au Val-André.

Maman est décédée à l'automne chez elle à Paris, libérée de sa souffrance, dit-on.

Libérée de rien ! Maman est morte, pas grand-mère, pas vieille, juste morte avant, en souriant, sûrement inquiète de notre vie sans elle.

À l'église, je choisis de chanter parce qu'elle était gaie. Je veux fêter ma mère courageuse, la remercier. Je remercie ma mère de ne pas avoir eu peur de mourir, de ne pas avoir fait peser sur nous sa souffrance, je la remercie pour ses rires enfin, ses blagues, qu'elle disait avec sa tête en coquille d'œuf. Caliméro rigolo, c'est comme ça qu'on l'appelait, ça la faisait rire. Elle a changé avant de partir, elle s'est montrée comme elle aurait pu être, je l'ai aimée joyeuse et parlante. Je remercie ma mère d'avoir rendu ma vie plus douce, d'avoir été ma mère. Je suis fière d'elle comme elle était fière de moi, je ne pleurerai pas, je chanterai.

Les mois qui suivent n'ont pas de sens. Je m'en souviens à peine. Je fuis avec n'importe qui. Je ne me supporte plus. Je perds la tête pour quelque temps.

Entre deux tournages des *Cordier* je pars à Genève jouer au théâtre. C'est le printemps dans cette ville calme et verte dont le cœur est un lac platement monotone.

Je ne m'entends pas avec mon partenaire, pas du tout, c'est aussi le metteur en scène, c'est la guerre, cela arrive. Il ne me plaît pas, il le sent, il n'est d'accord sur rien, moi non plus, rien n'est facile. Il ne me parle pas si l'on m'applaudit plus que lui. Chaque soir est une lutte dans la belle ignorance du public. Je prie ma mère avant d'entrer en scène, pour qu'elle m'aide. Je suis seule. C'est mortel, comme cette ville où rien ne se passe.

Je rencontre Roman. Il est régisseur au théâtre, roumain, son français est phonétique. J'ai presque 30 ans, il me trouve superbe. Mes yeux le fascinent, il le répète sans cesse. Son accent est un voyage dont j'ai besoin. Je m'accroche à lui, il est fort, authentique. Son histoire est lourde, elle sonne dans chacun de ses mots. Souvent son regard se baisse, il est triste, exilé. On se ressemble.

Quand j'entre en scène, je le sens là derrière le décor, je sens ma mère aussi, tout me semble plus facile.

La saison est finie, je rentre à Paris, il me rejoint, pour quelques jours.

Mon cœur bat. Je pense à lui, j'aimerais le garder près de moi, lui donner l'asile amoureux. Il n'y est pas opposé, il s'est attaché à moi, dit-il. Pourtant je sens que l'amour n'est pas sa priorité, que notre lien est fragile. Il veut vivre, il ne résume pas la vie à l'amour. Il veut jouir, libre, prospérer, continuer sa vie mieux qu'elle n'a commencé, il se bat contre ses démons passés, il repart à zéro, il a fui son pays et sa dictature, il a souffert dans sa chair, il lui manque deux doigts à sa main gauche, il ne m'en parlera jamais.

Je n'arrive pas à lui dire mon secret. Je sens qu'il ne restera pas s'il sait. Je me trompe peut-être. Pourtant d'habitude, j'en parle très vite, pour ne pas m'attacher à quelqu'un qui ne supporterait ma différence.

Je retarde l'annonce, ce moment qui m'obsède dès les premiers regards, quand je dois dire que je ne suis pas comme les autres filles, quand je dois espérer que le lien que j'ai tissé le plus solidement, le plus rapidement possible sera plus fort que la peur.

Je lui dis. Il reste silencieux. Les raisons, l'historique ne l'intéressent pas, il ne pense qu'au présent et à demain.

Il partira le lendemain en me laissant une lettre d'une page recto verso écrite en français phonétique. Elle est difficile à lire, je l'ai gardée, souvenir de mon amour, souvenir de la peur : « Cher Charlotte, sé la premiere foi dans ma vi que je fai sa... » Il regrette d'être obligé de rompre de cette manière. Il dit qu'il n'est pas celui que je crois, qu'en fait il est méchant, égoïste et solitaire, qu'il ne pourra pas me donner le « vrai amour », celui dont j'ai besoin. Il dit que je suis exceptionnelle, que j'ai du courage, mais qu'il doit partir. Il ne veut rien construire, pas maintenant, il ne sait pas encore « ce qu'il va faire avec lui », sa vie doit être facile désormais. Il y a trois mots qui lui font peur sur cette terre : police, armée, sida.

Sa lettre est confuse, je ne sens que sa panique, ce n'est pas une lettre de rupture, c'est une lettre de fuite.

Difficile de dire que l'on a peur, que l'on ne veut que le meilleur, difficile d'avouer ses priorités, de remettre le cœur à sa place.

C'est l'impasse, la vraie, je ne m'en sortirai pas.

Il m'est impossible de mentir, impossible d'être aimée. Mes beaux yeux, mon sourire, mon petit éclat, mon abondance d'amour, mon énergie vitale, ma gueule dans les magazines, mon fric, rien ne suffira. On me fuira comme la peste. Je n'ai pas de chance, c'est comme ça. Rien à faire. Si ! Arrêter les dégâts. Arrêter de sourire, arrêter d'espérer que ces comprimés pilés au goût dégueulasse me donneront peut-être un sursis de vie, arrêter d'attendre le prince. Ne plus rêver, s'ouvrir à la réalité d'une vie qui me refuse, aller voir maman.

Je ne dormirai pas, je relirai la lettre.

Je rejoins tôt le tournage des *Cordier*. Le jour est encore sombre et froid. Au maquillage, je suis prise d'une crise d'urticaire géante. Ma peau ressemble à l'intérieur d'une orchidée, pâle avec des taches de velours rouge. La maquilleuse n'a jamais vu ça. J'évoque une possible allergie alimentaire alors que je ne mange plus.

– Tu veux que j'appelle un médecin ?
– Non, laisse tomber, c'est gentil. Maquille-moi, cache-moi.

Je ne veux pas voir de médecin, je ne veux plus raconter mon histoire, lire la surprise, la pitié sur les visages, « quel dommage... ». Je ne veux pas énoncer la liste exhaustive de mes comprimés, leur noms barbares pour qu'on contrôle dans le Vidal la compatibilité médicamenteuse d'une nouvelle ordonnance. Ras-le-bol.

– Débrouille-toi s'il te plaît, tartine-moi, je vais tourner comme ça, on ne verra rien. De toute façon, on tournera quand même, je le sais, alors vas-y !

Sur le plateau, je me traîne en silence, j'aurais aimé qu'on sente ma détresse, qu'on m'arrête quelques jours, juste le temps de retrouver un visage normal.

À l'écran tout est OK, diablerie de l'image, ma peau est lisse et claire, l'important est ce que l'on voit.

Sur le tournage des *Cordier*, je parle de moins en moins, je fais la tête de plus en plus, je trouve qu'on ne me consacre pas assez de place, qu'on ne s'intéresse pas à moi, qu'on ne fait pas évoluer mon personnage, que mon jeu d'actrice est toujours le même, qu'on n'utilise qu'une part de mon talent.

On doit me trouver hautaine, lunatique, emmerdeuse...

Qu'on me laisse tranquille... J'imagine une pancarte que je porterais sur moi avec inscrit : « HIV +, silence please ! »

Je rentre chez moi, je dors un peu, je ferme les yeux et repars au matin. Le tournage de l'épisode s'arrêtera dans quelques jours, après, je ferai du théâtre.

Je réfléchis, je cherche une solution, je me débats à l'intérieur de moi. J'appelle mon père, je prends de ses nouvelles.

– Et toi, tu vas bien ? me répond-il. Tu as fait tes analyses ?

Un matin je me lève, aujourd'hui j'ai décidé que je faisais relâche ! Un élan de vie est tombé du ciel.

J'ai une idée ! Je vais filer à la SPA, je vais adopter un animal, chat ou chien je ne sais pas, je verrai bien. Un être vivant qui me collera tout le temps, me fêtera et m'embrassera le museau sans réserve.

Il est tigré, gris clair et ardoise, il a la couleur des toits, c'est un petit chat de Paris, bâtard, parfaitement anonyme, maigre et jeune. Il est venu se frotter à ma main à travers le grillage, il a léché mes doigts avec sa langue rose rugueuse, m'a miaulé deux, trois mots d'amour, il m'a emballé avec ses croûtes au creux des yeux. Je l'ai appelé Fripouille.

Il dort dans mon lit, mon petit amant, mon bébé, juste au-dessus de ma tête. Il flâne et ne va jamais loin pour ne pas me perdre. Il miaule quand il a faim, souvent. Je l'emmène partout, en shopping, au théâtre Antoine où je joue *Les Mains sales*, sur mon dos, à vélo, comme ces prisonniers avec un rat grimpé sur l'épaule.

Depuis quelques jours, je me gratte furieusement, les mollets surtout, les avant-bras, partout en fait. Sûrement une autre allergie. Le soir, dans la lumière de la lampe de chevet, sur le drap blanc et lisse, je repère un point noir qui avance sur le lit. Fripouille, à côté, ronronne du plaisir de dormir. Je prends mes lunettes, je me mets à quatre pattes, le nez sur la chose intrigante. J'approche le doigt et hop ! plus rien sur le drap, la chose est sur ma main, j'approche mon autre main et hop ! plus rien.

– Une puce ! Merde, des puces !

Je déteste les puces, beurk...

Je bondis, j'attrape Fripouille, le diagnostic est exact, ça grouille ! Je passe la nuit à retirer ses points noirs un à un. J'écrase chaque puce entre mes ongles dans un claquement à peine audible, j'essuie mes doigts sur le Sopalin, je continue inlassablement. Fripouille miaule jaune. Je le raisonne, c'est pour son bien, pour le mien aussi, pour le salut de mes mollets micro-croûtés. Fripouille me distrait formidablement, il m'anime.

Je vais embrasser mon père rue des Meuniers. Il supporte mal d'être seul. La mort de maman l'a anéanti, il s'est occupé d'elle jour et nuit, il avait été au chevet de son père de la même façon quelques mois avant.

Il s'amuse avec mon chat. Il dit que c'est une bonne idée. Ma sœur va bien, elle a un ami, amoureuse, ma petite sœur.

Mademoiselle Blanchot est morte. C'est un voisin qui a donné l'alerte après plusieurs jours d'absence finalement remarquée. Les pompiers ont défoncé sa porte surverrouillée. Après avoir quitté mon père qui me relate le fait divers les yeux dans le vague, je vais la voir. J'ai du mal à y croire, du mal à réaliser que le temps passe vraiment. Dans mon innocence je pense que si les acteurs de ma vie restent les mêmes je pourrai toujours refaire les scènes.

Ils ont posé des scellés sur la porte de Catherine Blanchot. Sur l'étiquette est écrit : « Respect à la loi. Le bris de scellés apposés par l'autorité publique est puni d'un emprisonnement de deux ans et d'une amende de

200 000 francs. » Seulement ?! Intimidant petit bout de papier de merde... J'ai l'argent ! Pour la prison, je m'entraîne déjà avec Fripouille sur l'épaule, Charlotte petite prisonnière en liberté ! Alors je m'en fous de ce qu'ils écrivent pour faire peur, je n'ai pas peur et puis personne ne saura qui a arraché dans ce hall silencieux les scellés de l'appartement de mademoiselle Blanchot, personne ne cherchera, tout le monde s'en tape.

Comment est-elle morte ? Tombée ? Épuisée ? Empoisonnée par une conserve ouverte éternellement laissée dans le frigo puis reprise sans notion de temps ? À quoi a-t-elle pensé ? Ça fait comment, la mort ? J'ai envie de rentrer, d'aller lui dire au revoir, ça lui fera plaisir. Virer ce petit bout de ficelle ridicule, cette pâte à modeler pourpre qui ne sèche pas. J'appuie sans arrêt sur ce chewing-gum collé sous la sonnette, je laisse mes empreintes, je rêvasse.

Juste à côté il y a la porte du studio où j'attendais blottie mon prince gothique.

Je comprends qu'ils ne sont plus là, les acteurs de mon film, que je ne pourrai rien refaire. Je dois juste continuer, tourner la suite, trouver un sens, aller jusqu'au bout de l'histoire, je pars.

À midi, j'ai rendez-vous chez TF 1 avec la production des *Cordier*. Ils sont très contents, les résultats d'audience sont toujours très bons. L'ambiance est sympathique, tout le monde est souriant et se bise. On parle de la suite, on parle. J'apprends au cours du déjeuner que Charlotte Gainsbourg sera Fantine dans *Les Misérables*. Mon agent m'avait parlé de ce rôle qui me plaisait. Fantine, c'était pile pour moi, non ?! Cosette, j'ai plus l'âge.

Mon agent devait m'en reparler. Je ne l'ai pas relancé, je ne suis pas de près ces choses-là. Je peux être négligente, je ne relis jamais mes contrats, je fais confiance, je me repose.

Je suis triste d'un coup, ils ne savent même pas que j'étais intéressée par le rôle. Ils ne m'imaginent même pas faire autre chose, être quelqu'un d'autre que Myriam, l'intrépide journaliste qui traque les scoops. Il ne faut pas troubler le public, il faut rester dans un positionnement clair, les téléspectateurs ont besoin de repères, moi pour eux maintenant, je suis Myriam, c'est tout. Je me mets à pleurer, je suis fatiguée, je ne peux pas m'arrêter. Ils ne comprennent pas, je ne peux pas leur expliquer. Je me tais, je pleure. Ils me prennent sûrement pour une demi-folle, une hystérique, une déprimée, tant pis, ils ont peut-être raison, ils ont l'habitude.

Non ! Ils se trompent, je suis plus que ça, ils ne me voient pas. Aujourd'hui je suis déçue, sans force, cela m'arrive.

Le déjeuner continuera moins bien qu'il n'a commencé.

Je fais la rencontre de Jean-Jacques Goldman dans une station de radio. J'aime sa musique, son talent, je le lui dis, il semble apprécier mon compliment, ou est-ce mon visage qu'il apprécie ? Il est discret, réservé, prudent. Il vient d'entendre pour la dix millionième fois que quelqu'un aimait sa musique. J'ai conscience de la banalité de mon propos, pourtant je ne vois pas vraiment comment le dire autrement.

Il me porte un intérêt particulier. Je lui fais part de mon envie de chanter. Le pauvre ! À nouveau il vient de rencontrer une n-ième jeune femme qui lui dit en souriant, une main dans les cheveux, qu'elle aimerait bien chanter, si possible ses chansons. C'est sûr qu'il doit rêver d'autre chose, Jean-Jacques Goldman.

Que pourrais-je lui dire qu'il n'ait pas déjà entendu ? La vérité, à l'enterrement de ma mère, j'ai chanté une de ses chansons :

> *Vole, vole, petite aile,*
> *Ma douce, mon hirondelle,*
> *Va-t'en loin, va-t'en sereine,*
> *Qu'ici rien ne te retienne.*

186

Il me tend ses coordonnées, je lui écris les miennes.

Nous dînons ensemble, nous parlons doucement. Il comprend que je suis seule, que je m'éparpille, lui est un peu perdu aussi. J'évoque mon secret banalement lorsque j'avoue ne plus écouter de musique chez moi depuis plus de dix ans. Il s'en émeut, je change de sujet. J'aimerais vraiment chanter, je chante souvent, partout, j'ai une jolie voix, dit-on. Je ne vais quand même pas chanter là, au milieu des tables de ce restaurant au calme feutré ? Pourtant je pourrais... « Un jour j'irai à New York avec toi... » ou une chanson plus douce qui irait avec le cadre : « Comme toi, comme toi, comme toi... » mais je ne connais que le refrain. Il faudrait que j'apprenne une chanson par cœur comme les petits un peu doués qui chantent en famille le dimanche. Il sent mon envie de chanter là tout de suite me chatouiller, il me prend la main, exerce une légère pression qui me prie de me taire. Je baisse les yeux, j'esquisse un sourire, je ne chanterai pas, il le comprend, il respire !

Les belles voix l'inspirent, puissantes, celles qui ont la force et la nuance, qui peuvent chanter l'amour et sa révolte. Je manque un peu de watts, pensé-je. Tant pis. J'aurais bien aimé chanter, je parle des Enfoirés, j'aime bien leur spectacle, leur mélange, leur belle énergie. Souvent je me dis en les regardant à la télévision que j'aimerais bien être avec eux, rejoindre la joyeuse bande. Il dit très courtoisement que cela non plus n'est malheureusement pas possible, les places sont déjà prises, je ne corresponds pas tout à fait en terme d'image... Pourquoi, elle est comment, mon image ?

Il m'enverra quelques jours plus tard un petit mot aimable.
Belle et brève rencontre du musicien timide.

Ce matin, j'ai décidé, je ne crois plus à l'amour ! Il n'y a plus de princes, il ne reste que des princesses éplorées, que des guerrières blessées.

En ce début d'année, j'ai appris aujourd'hui que mes analyses continuaient d'être bonnes, que ma thérapie fonctionnait parfaitement. Mon taux de globules blancs est remonté à un niveau normal et le virus est presque indétectable. Je suis contente.

En fait, je n'ai jamais ressenti dans mon corps ce qui est marqué sur les comptes rendus des laboratoires. Je n'ai jamais eu la moindre infection, ni le moindre signe physique de cette présence que l'on me rappelle deux fois par an depuis dix ans, puis tous les mois maintenant. Cette abstraction m'a aidée.

Je marche d'un pas léger rue du Faubourg-Saint-Antoine, mon nouveau quartier depuis quelques mois. Je réfléchis à un nouveau plan d'action : je vais trouver des garçons qui ne seront que beaux, pour faire l'amour sans amour. Je vais profiter de la vie, comme on dit. Voilà une autre abstraction, profiter de la vie.

Sur le trottoir, je repère un premier spécimen d'homme proie. L'idée m'amuse, si les femmes sont des objets, les hommes sont des proies ! Taille : moyen plus, cheveux mi-longs qui ballottent, beau profil que j'aperçois, sourcils marqués, postérieur bien emballé, une chemise blanche un peu froissée comme des draps et des jolies chaussures pas cirées.

J'accélère le pas. Il s'arrête et pousse une porte cochère. Je le suis. Il ne m'échappera pas, j'arme mes sourires. 47, rue du Faubourg-Saint-Antoine, mais c'est chez moi ! C'est mon jour de chance, des globules blancs comme s'il en pleuvait et un mec sauvage qui file droit dans ma gibecière !

Je me rapproche, son bureau est dans la cour, il est sourd, je tape du pied pour qu'il me remarque. Il se retourne, on dirait un ange.

– Bonjour ! me dit-il.

– Bonjour ! Vous travaillez ici ?

Je n'ai pas de temps à perdre. Les anges filent vite.

– Oui, depuis quelques jours seulement.

– Eh bien... Bienvenue !

– Merci.

Il me regarde à nouveau puis rentre travailler. Je grimpe chez moi, je claque la porte, éblouie. Ce mec est une icône, cet homme est lumineux.

Tout devient alors prétexte à monter et descendre les escaliers. Je sors dans la cour des poubelles à moitié vides, je fouille ma boîte aux lettres comme si le facteur passait toutes les heures, je sors Fripouille à tout instant.

Le lendemain, il pleut fort. La pluie s'arrête, je sors, je rentre dans son bureau demander un chiffon pour essuyer ma selle.

Je le croise inévitablement plusieurs fois les jours qui suivent. Il est toujours seul, souvent fatigué. J'ai l'impression qu'il doit faire beaucoup l'amour. Est-ce vraiment l'amour qui lui donne ces cernes ? Non, la formule est trop romantique. Il a la tête du beau baiseur, un peu rêveur, un peu vorace, un peu tout.
– Vous êtes Charlotte Valandrey ?
– Oui.
– Je vous ai vue à la télé !
– Exact, mais là c'est pour de vrai !
Il rigole. Il s'appelle Oscar et m'invite à dîner un de ces soirs, chez lui dans le 6ᵉ, lui non plus ne perd pas de temps. J'accepte, bien sûr.
Il passera notre première soirée à préparer des pâtes aux fruits de mer. Je déteste, la seule odeur de marée que je supporte, c'est sur la plage. Je réussis à sourire dans les vapeurs de moule et de coques.
La suite est en accéléré.

Au bout de deux semaines, alors qu'il sait tout de moi, le Val-André, ma mère, le ciné, la télé, mes globules, ma désillusion amoureuse, Fripouille... il me demande en mariage. Je réponds oui dans l'instant.

On ne m'a jamais demandée en mariage. Je doutais parfois même que la phrase existe encore : « Voulez-vous

191

m'épouser ?» Je dis oui sans vraiment le connaître, c'est un peu fou, c'est comme ça. Pourquoi attendre ? Ce beau garçon pacifique me propose de rester près de moi le restant de nos vies, pourquoi dirais-je non ? Rien pour lui n'est un problème, il est amoureux, alors marions-nous ! Je saute sur le lit en répétant : «Oui ! Oui !»

Mon père sera soulagé, un autre homme m'accompagnera, prendra son relais. Il trouvera sûrement le préavis un peu court, mais il me connaît, papa, il ne s'étonnera pas.

Nous nous marions au Val-André le 17 juillet 1999.
Tout le monde est là pour mon bel été. Mon prince, les amis, la famille, ceux qu'on aime, ceux qu'on avait oubliés et quelques photographes.
Je comprends ceux qui à la question : «Pourquoi vous mariez-vous ?» répondent : «Pour faire la fête !»
La journée est lumineuse, unique. Je me prends à penser que les contes de fées existent peut-être. La joie de croire à l'amour ne serait-ce qu'un instant vaut toutes les errances. Tout incite à y croire, la Bretagne scintille, ma robe est ivoire avec un voile brodé, j'ai des fleurs dans les cheveux, Oscar est ému, moi aussi. Une nouvelle vie peut-être.

J'ai par moments le vertige de penser que je connais à peine Oscar, que cette union n'est peut-être qu'une fuite de plus, un spectacle choisi par défaut, un lapin sorti de mon chapeau. C'est visiblement ce que pense une bonne part de ma famille. Je connais leur visage tendu sous l'impeccable capeline.

Je verrai bien, aujourd'hui c'est la fête.

Oscar est élégant, décalé. Ma grand-tante Babeth frôlera le malaise, il se marie en baskets.

– Cela ne fait pas sérieux, tout de même !

C'est vrai, peut-être Oscar n'est-il pas sérieux. Ce n'est pas grave.

« Pour le meilleur et pour le pire », la réplique me plaît. En espérant que le meilleur l'emporte !

On se jure assistance et fidélité jusqu'à la fin. La promesse est belle, essentielle, romantique parce qu'elle défie la vie et ses mouvements naturels. L'assistance a pour moi une signification particulière, Oscar le sait. Il tiendra sa promesse et sera toujours là.

Oscar est athée. Il acceptera pour moi une bénédiction religieuse sous le chêne du jardin.

La journée est réussie, gaie, je suis portée par la joie collective et les rires. Il n'y a que Stéphanie qui fait la tête, elle a perdu un diamant, dans le jardin, dit-elle.

– Il est gros ? lui demande ma tante.

– Énorme ! répond-elle les larmes aux yeux en fouillant son petit sac et son décolleté. Cinq carats ! Mamie me l'a prêté en me faisant jurer d'en prendre soin. Je crois que ça va l'achever ! Quelle conne je fais !

– Mais, calmez-vous, on va bien le trouver, il ne peut pas être loin.

– Elle a gagné sa journée, ton amie ! me glisse ma tante.

L'assistance prend fait et cause pour la malheureuse et commence la battue du gazon, tout le monde est par terre.

– Prenez garde, l'herbe, ça tache ! Il n'y a rien de pire, répète ma grand-tante.

Je ne suis pas confiante : même retrouvé, le bijou pourrait rester dans la main de quelques potes joyeusement allumés. L'idéal serait que ce soit ma tante qui le trouve, et elle cherche, dévouée. Grand-tante Babeth est quasiment la seule à être debout, les autres sont à terre, à genoux, en pleine traque au diamant. Le tableau est surréaliste. Je crains que la battue ne dure toute la journée, le terrain est vaste et le gazon sauvage.

Ma grand-tante interpelle mon père qui s'amuse de la scène.

– Mais enfin, ils ne vont tout de même passer la journée à quatre pattes ?! Jean-Pierre, fais quelque chose !

Une amie fatiguée dit à Stéphanie :

– Écoute, t'achètes un beau zircon à mamie, elle fera pas la différence et on va continuer de s'amuser, hein, Charlotte ?

Stéphanie est embêtée, cinq carats, tout de même... Comment a-t-elle fait ? Elle ne sait pas, elle ne se souvient de rien, juste qu'elle l'avait tout à l'heure et qu'elle ne l'a plus. Elle boit coupe sur coupe, cela n'aide pas.

– T'as raison, conclut finalement Stéphanie la mort dans l'âme. Arrêtez ! Arrêtez de chercher, c'est gentil, c'est pas grave, merci !

Les invités se relèvent, on reprend le déroulé de la journée. On va peut-être commencer à manger avant que le jour ne s'en aille complètement. Puis on dansera, puis il y aura la jarretière.
Après le gant de Rita Hayworth, la jarretière de Charlotte.

C'est une tradition paysanne qui m'amuse.
– Tellement grossière ! martèle grand-tante.

La vente aux enchères est lancée. C'est un ami de longue date qui la remporte. Cela me fait plaisir, je l'adore. Il est homo et tout excité de la scène que je vais lui jouer. Moi aussi. Il en aura pour son argent. J'ai progressé depuis *Rouge baiser*. Je l'aguiche, je caresse son cou, m'approche de ses lèvres que je repousse, je roule ma robe lentement de mon soulier à la base de mes Dim-Up blancs, je me dévoile sous la clameur des jaloux. Il n'y a pas d'homme, pas de femme, que du désir entre êtres vivants. Ses yeux brillent, il le veut, son trophée. Je plaque sa main sur ma jambe, il me caresse et fait glisser ses doigts sous la dentelle, il attrape la jarretière, me déshabille, crie sa victoire et m'embrasse dans un éclat de rire.
Stéphanie a retrouvé son bijou et hurle sa joie. C'est un petit gamin qui le lui a rapporté :

– C'est à toi, madame ?

Stéphanie a repris visage humain et dit qu'elle veut un enfant, là tout de suite, elle veut le même.

Elle est totalement ivre, je lui conseille d'aller cacher son diamant, il n'y aura pas de deuxième battue.

Elle me répond que j'ai raison, s'exécute rapidement et s'affale par terre. Je l'emmène se coucher, je veux me marier tranquille.

Exceptionnellement, je tremperai mes lèvres dans du champagne à fines bulles, j'en mettrai quelques gouttes derrière chaque oreille, prête à tous les porte-bonheur.

Je danserai jusqu'au bout de la nuit dans un long sourire.

À l'image de ses tennis le jour de notre mariage, Oscar restera décalé tout le temps. J'apprendrai son histoire, son enfance, il s'inscrit mal dans la réalité, il la rêve ou la fuit, c'est pareil, c'est notre point commun.

Son temps, c'est le futur, mais un futur qui n'arrive jamais. Oscar invente le futur permanent, il est en projet tout le temps. Pourtant je crois à ses projets, j'aime son décalage, poétique, hors du temps.

Ma situation financière pendant *Les Cordier* est bonne, je me fiche des considérations matérielles, je ne regarde jamais mes comptes, quel ennui ! L'argent permet de se couper de la réalité, tant qu'on en a ! Oscar aime les belles choses, roule en Jaguar, décore notre nouvelle maison près de la Bastille, m'accompagne, me conseille, me réconforte, me supporte. Il veut créer une ligne de meubles, puis un magazine. Il y travaille à plusieurs reprises puis arrête.

J'ai assez d'argent pour deux. Je me laisse porter par sa douceur, sa voix tendre et chaude qui passe un peu par le nez. Oscar a sûrement du talent. Le connaît-il vraiment, son talent ? Il ne se fait pas confiance. Personne ne l'a jamais vraiment aidé. L'accepterait-il ? Il est souvent parti dans sa vie, il a quitté des femmes, des jobs, il se cherche. Je ne peux pas l'aider. Au contraire, je compte sur lui.

Nous sommes unis par une forte amitié. Nous partageons la même incapacité à nous aimer, nous. Nous nous ressemblons, notre sable est mouvant. Pourtant, je dois garder mes pieds sur terre, je dois rester dans la vie, garder ma bonne santé.

Oscar se lasse à ma place de mon rôle dans la série télévisée. Il le trouve réducteur, je n'y exprime pas mon vrai talent, je devrais entreprendre des aventures plus risquées, plus artistiques, plus personnelles. Il me répète régulièrement que je devrais mener une carrière à la Isabelle Huppert... De temps en temps je pense que lui devrait mener une carrière à la Bill Gates, ça pourrait aider !

J'aime ce rôle, j'ai de la chance de l'avoir. Je regrette seulement l'étiquette « actrice de télé » qu'on me colle et qui me fait disparaître du cinéma – ou est-ce moi qui ne vais plus vers le cinéma ? La lassitude d'Oscar me gagne. Le rôle des acteurs principaux de la série est compté en nombre de jours. Chaque jour de tournage détermine notre salaire. Tout le monde veille donc sur son nombre de jours comme une poule sur ses œufs. C'est pas l'argent qui me motive mais le plaisir d'être désirée. Si mon nombre de jours baisse je me sens moins aimée, je deviens triste, je me fane, je ne dis rien, je laisse faire. Je ne fais pas la comptabilité de mes jours, je ne les compare pas. Je m'entends moins bien avec les autres sur le tournage. Le nombre de mes jours baisse. Pourtant le public me suit toujours et m'écrit. Je me souviens d'un épisode où mon nombre de jours était important, l'histoire particulièrement bonne, l'audience avait été forte.

Il y a une réelle concurrence entre les acteurs, elle est normale. Les acteurs comme tout le monde, peut-être même plus, veulent vivre, exister, être aimés, bouffer.

Mon métier m'échappe, ma relation avec Oscar est tendre mais fragile, j'ai la certitude que mon lien à la vie s'amincit. Ma santé reste bonne mais je me méfie de moi, de mon corps fatigué.

La trithérapie a rendu la présence du virus dans mon sang presque indétectable mais mon corps change, j'ai pris du ventre, mes seins ont grossi, la graisse apparaît où elle n'était pas, mes jambes sont amaigries. Si les risques de contaminer un homme en faisant l'amour sans se protéger existent, ils sont plus faibles.

Mon désir d'enfant naîtra de ma volonté de survivre. Oscar veut être père, peut-être est-il mû par le même désir sans le dire. Notre enfant sera le fruit de la tendresse et de la vie.

Je suis parfaitement renseignée, le docteur Rozenbaum nous a affirmé qu'aucune femme sous trithérapie n'avait donné naissance à un enfant séropositif. Nous avons toutes les chances pour que notre enfant se porte bien. Il devra suivre un traitement dès sa naissance. La science a avancé, vive la science !

C'est le jour de faire l'amour... l'un dans l'autre, nous nous aimons, entièrement.

Je suis enceinte, je porte la vie, je la retrouve, je la continue, je suis heureuse.

J'arrête *Les Cordier*, je veux tout changer.

Tara, Anaïs est née en l'an 2000.

Oscar est un père attentif, tendre et présent.
J'ai plus de mal. J'ai peur. J'ai du mal à m'occuper de Tara, peur de m'y attacher, peur de la perdre. Je ne le supporterais pas. Ce serait fini pour moi, tout simplement.
La peur m'empêche d'aimer mon enfant comme il le faudrait. Je me sens coupable. Je ne supporte pas les prises de sang nécessaires, l'aiguille dans son bras pour contrôler que tout va bien. Je connais la puissance de l'AZT, ses effets. Je les imagine violents dans ce corps minuscule en germe où tout est rose et neuf.
Le traitement préventif durera un an.
Les médecins avaient raison, Tara est séronégative, comme son père. J'ai donné la vie, vraiment.

Je mettrai quelques années pour me rendre à l'amour, pour vaincre ma peur, pour comprendre que ma fille est bien là, debout, resplendissante, les yeux plantés dans les miens, sans rire.

Oscar et moi nous éloignons l'un de l'autre. Nous dérivons, nous parlons de nous séparer.

Oscar couve Tara et ne me laisse pas de place. Je travaille, je joue au Palais des Glaces *Les Monologues du vagin* pendant six mois, c'est complet tous les soirs, la salle pleine à craquer, c'est bon.

Février 2002, je suis dans la voiture de mon père. En pleine conversation, une douleur inconnue se plante au milieu de mes seins, forte, aiguë, immédiatement progressive, un poignard à la lame épaisse enfoncée lentement. Je crie, j'appuie avec mes mains, je chauffe le centre de mon torse, j'ouvre la bouche, je me force à respirer lentement, profondément, j'essaie de calmer la douleur, de la caresser de cet air chauffé que je fais rentrer. Dix minutes sans parler, dix minutes à me demander ce qui se passe, à ne penser qu'à la douleur, à son départ.

– Qu'est-ce que tu as ? Parle ! Qu'est-ce qu'y a ?

Mon père s'énerve.

– Ça va, ça va...

La lame est retirée, la peine s'en va comme elle est venue. Je me remets doucement de mon attaque surprise.

J'en parlerai à peine, mon père se tait aussi, on causera d'autre chose que de mes bobos. Je pense que ce doit être mes oppressions habituelles en plus vif.

Un mois plus tard, en sortant d'une salle de sport, la même douleur me frappe encore, plus longue, plus vive encore, éternelle, insupportable, je pleure, elle passe.

J'en parle autour de moi, on ne fait pas gaffe, on plaisante, je suis douillette, angoissée, ces comédiennes ont toujours mal quelque part. Peut-être, j'oublie.

Deux mois plus tard lors d'un stage de théâtre avec Corinne Blue, j'ai de plus en plus de mal à monter les quatre étages jusqu'à la salle de cours. Je vois chaque jour mon aptitude physique diminuer, je suis à bout de souffle, à bout de forces. Un matin, je laisse mon vélo, je reste clouée au sol.

Je consulte un cardiologue à l'hôpital Saint-Antoine qui aussitôt me parle de mon cœur, de traces d'infarctus qui n'ont pas été soignés, d'un cœur mal irrigué qui a perdu une partie de ses cellules vivantes. J'ai attendu trop longtemps, mon cœur est nécrosé, les artères sont bouchées. Je suis jeune, le docteur me prescrit un traitement radical. Je me fais des piqûres chaque jour.

Février 2003, on me propose un téléfilm, *Les Penn-Sardines*. Jolie histoire de ces ouvrières de Bretagne qui font la grève, dans les années vingt. Les Bretonnes se rebiffent. Le tournage est très sympathique, j'éprouve un réel plaisir à jouer.

J'aime jouer, j'aime être une autre. C'est plus facile, plus distrayant, plus léger qu'être moi. J'aime ce métier, je m'échappe. Ces costumes comme des peaux en mue, comme des voiles, on se cache, on se trouve, on naît, on disparaît, on grandit un peu au fil des jeux, on est les autres avant d'être soi.

Juin 2003, mon corps change, pour la première fois brutalement. Je perds du poids sans raison, mon visage se creuse, ma face osseuse devient saillante.

Mon sang reste bon mais je m'épuise. Je marche chaque jour un peu moins loin, je mets un peu plus de temps pour tout, pour m'habiller, me laver, pour avancer. Je suis au ralenti.

Je passe l'été en Bretagne, mon ventre gonfle, mon souffle est court. Je vomis ce que je mange. J'ai une sale gueule. Je m'entête à ne rien voir, les autres aussi, personne ne veut rien voir. J'ai toujours les yeux bleus et un vague sourire de vie un peu tendu. Je ne regarde pas mon corps évidemment malade. Refuser ma réalité physique m'a aidée à vivre, je continue, je vais au bout de mes forces.

Mon père ouvre les yeux et m'emmène voir un médecin à Lamballe. Le médecin de province s'affole comme dans *Madame Bovary*, il m'envoie sur-le-champ à Paris.

J'ai de l'eau dans le ventre que mon cœur ne chasse plus, comme la mer qui reste dans les rochers.

Je quitte le Val-André en train, en urgence, avec mon père.

J'ai le cœur qui flanche.

TROISIÈME PARTIE

À Paris c'est la canicule. À peine arrivée à l'hôpital Tenon, je suis mise sous oxygène. Le premier diagnostic est imprécis, mon père insiste pour aller revoir le cardiologue de l'hôpital Saint-Antoine. Nous y allons.

À l'hôpital, personne ne semble constater la gravité de mon état, personne ne s'inquiète, on me donne rendez-vous, cela me rassure un peu. Je suis en consultation, j'attends dans la salle patiemment comme les autres.

Sur la table d'échographie, le docteur change de tête, ses gestes deviennent nerveux, il tapote sa bouche avec son poing en regardant l'écran. Après un long examen, il s'explique.

– Il vous reste... environ 10 % de capacité cardiaque.

Il n'est pas très à l'aise, le docteur, il ne comprend pas cette évolution, les raisons de l'échec du traitement.

– Comment ? lui dis-je.

– Oui (il parle plus lentement une main posée sur mon épaule), seule une petite partie de votre cœur continue de fonctionner à peu près normalement... Je ne comprends pas, il n'y pas d'explications rationnelles à l'avancement de la nécrose compte tenu de votre traitement...

C'est exactement ça, il n'y a pas d'explications rationnelles à l'épuisement de mon cœur. Mon cœur est irrationnel.

Je me fous des causes maintenant, pas d'explications, qu'est-ce qu'on fait, là tout de suite ?

Je suis immédiatement placée en réanimation.

Je pèse 36 kilos, j'ai la taille fine, très fine, le reste aussi. Mes bras et mes jambes sont des tiges, je m'habille en 12 ans, l'âge du premier amour.

— **B**onjour, madame Pascal, je suis Martine, votre infirmière en chef !

Bonjour, Martine. Elle n'a pas dû s'amuser tout le temps, l'infirmière, elle a des poches de peau gaufrée brunes suspendues aux yeux en deux parfaits demi-cercles. Sa bouche trop proche sent l'alcool dès le matin et l'intérieur du col de sa blouse est gris et noir. Elle dit « tout à fait » à la place de « oui ». « Le docteur va venir ? » « Tout à fait ! » « Je peux ravoir du thé ? » « Tout à fait ! » « Vous croyez qu'il va faire beau aujourd'hui ? » « Tout à fait ! »

T'es un peu conne, Martine ? Tout à fait. Je rigole. Elle s'étonne, dans mon état...

Les soins sont intensifs, tout en dose massive. Les soigneurs vont et viennent, les examens s'enchaînent. Le visage des autres est sombre, mon souffle est faible, mon ventre est toujours gonflé, il est rempli d'eau.

Autour de moi, Martine s'affaire. Elle ne m'a pas reconnue. Comment pourrait-elle ? Je suis la moitié de moi-même, sèche et osseuse. Je passe incognito sans foulard ni lunettes. Je donnerai le truc à mes copines : pour ne pas être reconnue, porter une blouse sans bouton griffée « hôpital Saint-Antoine » et perdre 17 kilos en six mois.

Je suis anonyme dans ma loge en lino. Parfois, j'ai envie de dire à Martine : « Tu sais, la fille pulpeuse et rieuse que t'as vue à la télé la semaine dernière... eh ben, c'est moi ! Tu me crois pas ? Regarde sur mon passeport ! » Je m'amuse un peu de la surprise imaginée de l'infirmière et de ce passeport que j'aperçois effectivement dans mon sac ouvert, j'ai dû me croire en transit pour les Bahamas.

Martine est gentille, finalement, elle s'occupe bien de moi, elle s'inquiète pour « la petite ». Personne ne sait si je vais tenir le coup.

Mon cœur est fatigué, il veut rendre son tablier, ranger sa jolie robe. La définition lyrique du docteur Boccara résonne en moi : « Le cœur, cette pompe magique, formidable machine de vie, d'une rare résistance, d'une incroyable constance. » Pas le mien. Le flux et reflux perpétuellement vital, obstinément cadencé, s'est ralenti en moi. Il est irrégulier et poussif. Il irrigue mal et menace d'arrêter. L'infatigable s'est fatigué.

Ma vie est fragile, tout peut s'arrêter comme ça, simplement.

Mon mari a amené ma fille pour m'embrasser malgré l'interdit. Maman va peut être partir, mon ange. Pourtant je continue de rire, de dire que la purée de légumes est dégueulasse, que Martine est gentille mais qu'elle pue, que je veux rentrer chez moi !

Je ne vais quand même pas finir là sur du fer-blanc et des draps synthétiques ! Impossible ! Je ne comprends pas ces yeux qui larmoient autour de moi. Ils en font trop. Je parle à mon cœur : « Dis donc, tu ne m'as pas emmerdée toute ma vie pour me lâcher en route ? » Je ne crois pas à ma mort, cette garce, je la garde à distance.

Par la fenêtre, j'aperçois un parterre de fleurs incroyablement jaunes, seules résistantes sous ce ciel bas. J'aimerais marcher dehors dans les allées interminables de l'hôpital Saint-Antoine, je me perdrais en cherchant la sortie, alors je retournerais dans ma chambre.

Tout le monde rentre sans frapper comme dans un saloon, tous pressés, en urgence. Je pourrais être en train de mettre du rouge aux joues ou sortir un peu nue et savonneuse de ma douche en plastique ou être en train de pleurer, mais ils s'en fichent, ils rentrent et sortent. Il n'y a plus de femme dans cette chambre, plus de jolie vedette, je suis un patient, un malade, une chose que l'on doit guérir vite.

Je ne me lève presque plus, sauf pour aller chercher des bonbons à l'entrée principale, un peu de sucre, des boules de couleur qui collent au sachet et à mes doigts. Le bruit de mes pas n'est pas saccadé mais continu, je m'écoute dans les couloirs glisser sur le lino comme un vieux serpent. Il y a des posters scotchés au mur. Chaque jour je passe devant les pyramides d'Égypte, je cueille des tulipes en Hollande, je mate la Bavaroise en culotte de cuir sur fond de montagnes vert pomme, et puis il y a les éternels chatons à poil angora fraîchement brushé, les yeux toujours bleus qui tranchent avec le rouge de la corbeille imprimée façon provençale.

Le distributeur de friandises et de boissons est un endroit important de l'hôpital. C'est la sortie quotidienne des patients, le sucre en réconfort qui se fout des régimes. Je dis quelques mots aux autres, je parle bas pour la première fois. On se reconnaît au fil des jours, je hoche la tête, je suce mes bonbons, mes bonbecs, ils sont mon truc palpable, ma petite routine journalière, mon parcours pour tenir, ma carotte pour m'extirper de mon lit au ralenti, marcher presque une heure, ramper debout jusqu'à l'entrée, montrer à mon corps que je vis encore puis rentrer.

Allongée sur mon lit 23 heures sur 24, je veille, dans le silence de la nuit, parfois je prends mon pouls, j'écoute mon cœur, je l'encourage, je le ménage pour la première fois. Mes yeux sont ouverts inlassablement, parfois je m'endors, puis je me réveille, je regarde le décor de ma chambre avec minutie, je l'apprivoise. Je tourne la tête du mur vers la fenêtre, puis de la fenêtre vers le mur. D'un côté il y a le cabinet de toilette avec sa porte rouge près de l'entrée et de l'autre la baie vitrée qui parfois fait entrer la lumière.

Aujourd'hui le soleil a percé les nuages de l'automne comme par miracle. Les rayons sont des lances qui se brisent sur les carreaux et forment des cercles irisés de plus en plus grands, hypnotiques. La vitre tout entière scintille comme une mer qui a trop chaud. Le jeu du soleil me fait fermer les yeux. Je vois dans mes paupières un jour de chair rose orange, je me souviens de l'été, du ciel lumineux de mes vacances, de mes 15 ans insolents, de la douceur de l'air, de la mer, de ma mère... « Charlotte, il y a un télégramme pour toi... »

– Une greffe ! C'est votre seule chance.

L'annonce est brutale mais claire, je préfère.

– Pardon ?

– Oui, compte tenu de l'état de votre cœur, nous devons envisager une greffe, le plus rapidement possible.

Le docteur Boccara est affirmatif.

– Il peut tenir encore combien de temps, mon cœur ? Combien de temps pour la greffe ?

Le docteur ne répond pas à ma première question.

– Le temps d'attente avant la greffe ne dépend pas de nous, il faut un greffon... Ça peut aller vite ou durer plus longtemps...

J'acquiesce d'un mouvement de la tête, je ne parle plus. OK pour la greffe, OK pour attendre, OK pour voir si mon cœur tient le coup. J'ai pas le choix, alors OK pour tout.

Chaque jour Oscar m'apporte à manger les plats qu'il cuisine pour moi. J'ai mon Tupperware, ma tendre ration. Pas trop pour ne pas m'écœurer, juste assez pour me

214

nourrir avec plaisir. Je n'en peux plus, des plateaux-repas, mais plus du tout.

Tara doit être à côté de lui quand il cuisine. J'imagine Oscar surveillant la cuisson, goûtant du doigt. Il doit dire à notre fille que c'est pour moi, pour me donner des forces. Peut-être tient-elle le récipient quand il y met ma part ? À quoi pense-t-elle, ma fille, ma silencieuse ?

Nous mangeons ensemble, Oscar et moi, dans la salle de détente des infirmières. C'est Martine qui m'a autorisée, c'est la chef, je suis sa préférée. Oscar est un grand cuisinier, j'attends le goût de ses plats, c'est ma surprise, un but pour mes jours sans forme. Je le remercie pour ce geste tendre et sans prix dont personne n'a jamais compris la juste importance.

Les traitements sont efficaces, les médecins sont contents, le docteur Boccara fait meilleure mine, le pire est passé, me dit-on, le fil a tenu. Mon reste de cœur continue de battre chaque jour comme une petite horloge de brocante, mon état de santé se stabilise.

Après deux semaines de réanimation et deux semaines de soins intensifs, j'ai assez de force pour rentrer chez moi, faible mais vivante. Je vendrais cher ma peau finement fripée, desquamée et sans couleur, une espèce rare.

Je n'ai plus qu'à attendre mon greffon, sagement à la maison, la mort d'un autre pour continuer de vivre. Ce sera une femme ou un jeune homme, c'est une question de taille, il faut que le cœur puisse rentrer, la vie a ses techniques. Un accident de la route ou un suicide mais pas n'importe comment, m'explique-t-on, la façon de mourir est importante. La situation est abstraite et pourtant si concrète. La vie, la mort se mêlent, se succèdent, indissociables.

J'attends chez moi, je traîne mes jolis chaussons, je fais le tour des pièces, je lis un peu, je regarde ma fille, je rêve les yeux rivés au plafond. Je vais, je me sens un peu mieux.

Il est 9 heures du matin, le téléphone sonne, tôt pour un dimanche. Nous sommes au début de l'hiver 2003.

Paris me semble inerte aujourd'hui, le jour est sombre et ressemble à la nuit. Dans le salon, ma fille Tara s'est rendormie, mon mari dort à l'étage.

– Allô, Anne-Charlotte Pascal ?

- Oui !

– Hôpital de la Salpêtrière, nous avons un greffon pour vous, vous l'acceptez ?

– Euh... Oui !

– OK, venez, tout de suite.

Je raccroche.

Mon donneur de vie est mort le 4 novembre 2003. Un greffon, un autre cœur pour remplacer mon cœur usé... Aujourd'hui, si vite... Mais je suis sur liste d'attente depuis moins d'un mois... On m'avait dit qu'on pouvait attendre longtemps... Je vais plutôt pas mal depuis quelques jours... Je ne sais plus... Il faut y aller là tout de suite, tout laisser et partir ? Combien de temps ? Et Tara ?

En une fraction de temps, je ferme les yeux, une lumière blanche intense m'aveugle et s'imprime en moi, un écran vierge, un nouveau jour.

Je crie :

– Oscar ! Ça y est !

– Ça y est quoi ?

– Ils viennent d'appeler pour la greffe, c'est OK, ils ont un greffon, on fait quoi ?

– Ben, on y va ! Un greffon ? Tu te rends compte, mais c'est génial !

Oui, c'est génial, c'est mon cadeau d'anniversaire, mon Noël livré avant. Je n'ai pas posé de questions, d'où vient le greffon ? Dans quel corps battait-il il y a encore quelques heures ? Je marche vers mon nouveau cœur, ma machine à refaire ma vie.

Je tremble, j'évite de trop penser, je réunis lentement quelques affaires, quel temps fait-il ?

– On n'a pas le temps, Charlotte, faut y aller, j'apporterai tes affaires plus tard !

Nous confions Tara à ma belle-mère.

Je vais être encore séparée de ma fille. Je n'aurai donc jamais le temps de la voir pousser, de la découvrir ? L'absence annule-t-elle la présence ? Que pensera-t-elle de moi ? Saura-t-elle que j'avais peur ? A-t-elle compris que depuis que je suis sortie de l'hôpital tous mes gestes, toutes mes attentions, tous mes regards ne sont que pour elle ?

– Maman va revenir bientôt avec un cœur tout neuf ! lui dis-je en souriant. D'accord ?

Elle met sa tête sur mon ventre, on dirait qu'elle veut savoir ce qui s'y passe, qu'est-ce qu'il y a dans ce ventre qui me fait disparaître. Elle est muette, elle connaît mes sourires. Ses yeux bruns sont profonds, sa main est crispée dans la mienne. Elle fait non de la tête lentement puis me dit :

– Tu reviens quand ?

– Je ne sais pas, mon ange, dans pas longtemps. Papa reviendra avant moi pour s'occuper de toi. Et moi un peu après, d'accord ? Tu t'inquiètes pas, ma nénette.

Elle est forte, ma Tara, bientôt 4 ans et déjà grave. Elle rira bientôt, je le sais. Je la ferai danser encore sur la plage, je reviendrai, mon ange. J'embrasse ses lèvres, je colle son front tiède sans pouvoir le laisser, je respire son odeur de brioche, je la caresse.

– Charlotte, on y va ?!

– Ouais, je t'aime, ma nénette !

Dans exactement six heures mon greffon sera périmé comme un yaourt paumé dans le frigo.

Greffon, le mot n'est pas très joli, ça sonne un peu mesquin pour un tel espoir. Greffon, rognon, grognon... Je pense... J'aurais préféré :

– Madame Pascal, votre incandescence vous attend, votre inflorescence est là !

Un nom en trois syllabes au moins, long, important, que l'on articule et fait siffler comme un vent de vie.

Dans la voiture, je répète sans cesse :

– C'est incroyable, non ? Ça va marcher, tu crois ?

– Mais oui, ça va marcher.

– T'es sûr ? Ça va marcher ? Tu dis pas ça pour me faire plaisir ?!

– Ça va marcher, je te dis ! Forcément !

Oscar me sourit, je continue, je m'entête joyeusement, j'articule :

– Mar-cher, tu comprends ?! Mar-cher !

Je chante :

– Ça va marcher !

On me ramène au service après-vente. Pièce prématurément usée, échange standard pour continuer de vivre.

– Tu crois que le greffon sera bon ?

Il ne répond plus, on reste silencieux.

L'intervention est complexe, ils m'ont prévenue, « pas sûre à 100 %, vous savez, loin de là... ». Je n'ai pas demandé le pourcentage exact de réussite statistique, je m'en fous, ça marchera.

Tout à coup j'ai peur. Je repense à ces derniers jours où j'ai cru reprendre un peu de forces, où je me trouvais pas trop mal. Et si l'opération n'était pas utile ? Je peux peut-être m'en sortir seule sans greffe, sans risque ? Et si on faisait demi-tour pour aller jouer avec Tara ?

Je me raisonne, je me rappelle le diagnostic irrévocable du docteur Boccara. Je respire, lentement, j'ouvre la vitre, je laisse l'air froid s'engouffrer dans mes cheveux, battre mon visage, faire trembler mes paupières closes. On continue de rouler.

Ils doivent être en train de vérifier que le greffon fonctionne, qu'il est en bonne santé et compatible avec moi. Cela non plus n'est pas sûr. Ils vont contrôler que les tuyaux de mon nouveau cœur s'emboîteront bien en moi, que mon greffon mignon m'épousera sans réserve. Qu'il soulèvera la voilette sur mes yeux implorants et me dira dans la chapelle de la Salpêtrière :
– Petite Charlotte, je te prends pour corps pour le reste de nos vies !
Je suis sûre que notre mariage sera heureux. Mon inaltérable sourire en est la preuve.
Paris déroule ses rues comme un grand escalator plat sur lequel on ne peut pas courir. Le temps a cette lenteur inconnue, il est mou, intangible, infini. Les secondes ne sont plus des secondes, la mesure du temps est dénaturée. Ma vie est suspendue. J'imagine mon greffon séchant sur les bords comme des crudités de la veille.

Coup de frein, nous arrivons.
Le contrôle du greffon n'est pas terminé, m'apprend l'infirmière qui me prend en charge immédiatement. Je saurai plus tard s'il est bon, si l'opération est possible, au dernier moment. Il faut se préparer, faire comme si ça marchait.

L'infirmière me décrit rapidement le programme, la durée approximative de l'opération et me prévient que mes mains seront attachées à mon réveil.

Je regarde Oscar stupéfaite, il sait que je ne supporte pas d'être entravée, retenue, que je suis claustrophobe comme maman, que je dois être libre. Il va lui dire, à l'infirmière, pensé-je. Oscar se tait.

– Pardon ?! Je ne peux pas être attachée ! Je ne peux pas !

– Calmez-vous, c'est une mesure de sécurité pour que vous n'arrachiez pas vos tubes en vous réveillant. Il faut y aller maintenant !

– Il peut venir avec moi ?

– Non !

– Et à mon réveil, il pourra venir me voir ?

– On verra...

Je dis au revoir à Oscar, je lui serai toujours reconnaissante de ce jour et des autres à mon chevet, de sa course près de moi, d'avoir été là.

Je m'allonge sur un chariot, on passe des portes battantes, je les entends grincer dans le vide. Dans une antichambre, l'infirmière me déshabille, m'allonge, me rase, me badigeonne. Je suis délicieusement glamour en dinde moutarde prête à greffer, pas bien grasse, élevée à l'air marin. D'autres infirmiers accourent. Ils me perfusent puis me poussent jusqu'au bloc. Je ne sais toujours pas si c'est pour de vrai ou juste un coup pour rien.

On se presse autour de moi comme sur un tournage hystérique. Mes soigneurs anonymes ont des masques, des bonnets bleus et des lunettes qui brillent. J'écoute une dernière fois dans mes tempes le sourd boum-boum de mon cœur d'origine. Il finit aujourd'hui dans un tempo doux, il a 35 ans et une vie bien remplie.

– Allez, on y va ! Tout le monde est prêt ? Allez, on s'active ! Vite !

C'est le chef des soigneurs qui hausse le ton.

Le yaourt se périme...

La lumière est crue. Chaque grain de ma peau est parfaitement éclairé. Bientôt ils traceront les larges pointillés de la zone à découper.

– Ça va piquer un peu, c'est le produit d'anesthésie.

– Mais qui va m'ouvrir ? demandé-je.

– C'est moi : professeur Leprince.

C'est son vrai nom...

– Comptez jusqu'à trois, maintenant.

– Attendez, s'il vous plaît ! J'oubliais, professeur (je cherche son regard), je vous demande de me faire une jolie cicatrice. Il faut que je sois jolie, vous comprenez ? Je vous remercie.

– Comptez jusqu'à trois maintenant, allez !

Un, deux...

Je ferme les yeux dans l'instant.

Leprince m'endort pour sept heures.

Je nais une autre fois, j'ai une deuxième chance, je suis greffée d'un bout d'un autre, je continue sa vie et la mienne, je recolle les morceaux, je suis un patchwork vivant.

J'apprendrai à l'analyse de mon cœur qu'il n'aurait pas tenu davantage, « deux semaines tout au plus ! ».

– **M**adame Pascal, madame Pascal... ?

J'ouvre les yeux lentement.
Une infirmière est là, masquée, gantée, attentive, très près de moi.
– Ça va ? Tout s'est bien passé. Reposez-vous, me dit-elle doucement.

Elle détache mes bras.
Elle a une charlotte sur la tête et de jolis yeux, c'est tout ce que je vois d'elle. La pièce n'a pas de jour, c'est une chambre stérile sans fenêtre.
J'ai des tubes partout. Ils partent en arrière vers le moteur de la pièce. Je suis super-branchée, reliée à de grosses machines : la machine à sang, la machine à air, la machine qui me nourrit, celle qui lave mon sang, celle qui me soigne. Je suis la super-Jaimie de l'étage, on me bionise.

L'infirmière m'apprend que je vais rester comme cela pendant une semaine comme en couveuse. On va m'observer, moi et mon greffon. Après quelques jours passés la bouche et le torse intubés, à ne voir de vivant que mes doigts, mes pieds et les yeux de l'infirmière, je pourrai recevoir une visite.

– Vingt minutes par jour, pas plus !

Je n'ai jamais senti le temps passer comme ça. Juste en face de moi une pendule ronde et blanche, une trotteuse noire qui découpe le temps. Les piles sont-elle faibles ou est-ce vraiment comme cela que le temps passe quand il n'y a de vivant que l'horloge et moi ? S'il faut soixante de ces battements lents pour faire une minute, puis soixante autres pour faire deux minutes, comment le jour passera-t-il ? Et cette semaine sans personne ?

Mes visiteurs devront porter le même costume de centrale nucléaire que l'infirmière. Faudra qu'ils soient sacrément motivés, mes visiteurs.

Je ne peux pas attendre, je panique, je veux voir Oscar.

– On va voir ! On va voir ! Calmez-vous.

Je respire le plus lentement possible, j'entends battre mon greffon. Un faible tam-tam lointain qui fait onduler mes veines bleues et percées. Mon greffon prend-il ?

Oscar a charmé l'infirmière et arrive au troisième jour. Le charme est une promesse, Oscar promet beaucoup. Il est là près de moi avec sa charlotte stérilisée et ses yeux tendres. Je ris, je n'ai pas mal, les antidouleur sont puissants.

Sans ma mauvaise santé Oscar et moi nous nous serions déjà séparés. Il est resté pour être là, pour m'aider. Nous sommes en sursis.

Deux semaines sont passées, greffon mignon est toujours là. Je pars pour une maison de repos.

Mon temps est désormais décompté en semaines, cette fois j'en passerai six à ma rééducation, pour réapprendre à respirer, pour me redresser, pour me remettre.

– C'est où ?
– À l'est de Paris, en pleine campagne, à Villiers-Saint-Cast. C'est calme, vert, une jeune femme greffée comme vous y a été emmenée hier. Vous ne serez pas seule !

Je suis contente de partir, la maison de repos, c'est la dernière étape avant de revivre. Je vais réapprendre quelques mouvements, remuscler mon corps, me refaire une santé pour retravailler, repartir pour un tour, mener une vie normale, aller chercher ma fille à l'école, dîner au restaurant, rire et courir peut-être, parler fort et faire l'amour.

– **P**as de sucre, pas de sel, pas de gras !
– Pas du tout ?
– Du tout !

L'annonce est très sérieuse, ce n'est pas un régime, c'est une ordonnance. Je demanderais bien à Oscar de gruger, de m'apporter en cachette mon petit Tupperware, mais j'ai peur qu'on le fouille comme dans les parloirs des prisons. Et puis il a peut-être raison. Pas de sucre, pas de sel, pas de gras... mais quoi alors ?

Ce sont les seuls mots que je retiens de mon entretien d'accueil en arrivant à la maison de repos. Ils sont la marque des jours que je vais passer dans cet endroit à oublier.

Tout est vieux, les patients, les murs, les arbres hauts. Personne ne parle, il n'y a pas une fleur, même pas de feuilles dans le parc. Il y a des rampes en bois partout, dans tous les bâtiments, tous les ascenseurs, il y a toujours un truc pour se retenir si on flanche, se relever si on tombe.

Il y a deux lits dans ma chambre, je voulais être seule, que personne ne me voie comme ça, personne.

– Une jeune femme greffée est arrivée elle aussi hier de la Salpêtrière, elle doit avoir mon âge, dans quelle chambre est-elle ?
– Comment s'appelle-t-elle ? me répond l'infirmière.
– Je ne connais pas son nom mais vous devez pouvoir la retrouver, non ?
– Je vais voir...

Le soir, une aide-soignante me dit en faisant mon lit : « La jeune femme que vous cherchez est partie, à peine arrivée hier, elle n'a pas supporté... Pas facile, la jeune ! »

Pas facile ? C'est juste. Ce n'est pas facile d'être ici. Je dors mal, je ne supporte pas cette odeur mélangée de bouffe et de crasse, ce froid, ce jaune partout comme pour donner des couleurs au néant.

Je veux partir, là tout de suite, je ne pourrai jamais me reposer ici, je ne pourrai jamais fermer l'œil. La nuit, la tristesse doit rôder comme une louve.
Je crie, je me débats, je pleure, je veux partir !
J'appelle mon père, pour qu'il me sauve, je vais crever ici.
L'infirmière et un kiné réussissent à me calmer.

Mon père viendra le lendemain de Montpellier où il habite désormais avec sa nouvelle femme, il dormira à côté dans le lit vide.

Mon programme est complet. Une heure d'activité physique par jour au choix : gym, vélo ou musculation des bras.

Une demi-heure d'expiration dans un tube pour vérifier ma capacité respiratoire et à 5 heures il y a handi ping-pong, on a droit à plusieurs rebonds. Tant mieux !

Il y a les parcours extérieurs aussi, à difficulté variable comme les couleurs des pistes de ski. Je prends la piste verte totalement plate, je suis la plus jeune et la plus lente.

Mon dos me fait terriblement souffrir. Je demande des massages qui n'étaient pas prévus.

Je reperds du poids. Mon père s'inquiète.

– C'est normal, elle ne mange rien ! lui dit l'infirmière.
– C'est vrai, tu manges rien ? me demande-t-il doucement.

Je ne réponds pas. Je suis heureuse que mon père soit là. J'irai bien s'il est là.

Je n'arrive pas à manger, c'est pas bon, je vomis de plus en plus. Je ne supporte pas ce nouveau traitement. Je l'ai eu en sirop, en perfusion puis en cachets, ils ont tout essayé.

Mon père demande de la grenadine, il fait mon barman, je bois son cocktail en petites fois, pour lui faire plaisir.

Il m'a acheté des yaourts à l'aspartam parfum noix de coco que j'aime bien. Ce que j'aime en fait, c'est son amour en petit pot. Il voudrait que je mange. Il m'épluche chaque jour deux pommes méticuleusement, je le vois s'appliquer, il essaie d'enlever la peau d'un seul tenant pour faire une jolie spirale qu'il me montre pour me distraire, il est prêt à tout pour que je mange.

Mon père a vieilli, il est toujours beau, fatigué. Ça fait vieillir un père de voir sa fille comme ça.

La salle de gym est le cœur de l'hospice. Tout le monde s'y retrouve puisque personne n'échappe ici à l'activité physique. Un petit vieux m'accoste :

– Vous ressemblez à Charlotte Valandrey... la jeune femme dans le feuilleton à la télé. Hein ? Tu trouves pas ?

Il se retourne vers autre petit vieux.

– En vachement plus maigre, alors ! dis-je.

– Peut-être que oui mais vous souriez comme elle, vous avez les mêmes yeux.

C'est vrai que les yeux ne changent pas, ils assurent la continuité, l'expression du sourire non plus, elle reste comme une marque de fabrique.

– C'est moi ! Je suis Charlotte Valandrey.

– C'est pas vrai ? Ça alors... qu'est-ce que vous faites ici ?

– C'est mon secret, c'est notre secret, d'accord ?

En partant il marmonne, Charlotte Valandrey, c'est ça... Il se retourne, me sourit, me fait coucou puis repart. Il est surpris, le monsieur, il doit penser que les actrices ne sont jamais malades, éternellement jeunes et pimpantes.

Le kiné s'appelle Jean-Marc, pas très avenant mais gentil, c'est lui qui en me serrant la main est parvenu à me calmer le soir de mon arrivée. Il me masse chaque jour avec application. J'ai besoin de lui, de sa force, de son obstination, de sa certitude. Je comprends qu'il est la seule personne qui puisse me faire sortir d'ici.

Les séances de rééducation sont insupportables, la gymnastique de mon torse encore fraîchement tranché me fait pleurer, moi la dure à cuire. Chaque jour, Jean-Marc me force gentiment, il m'appuie sur le dos, sur la poitrine, il ne fait pas attention à mes larmes qui coulent toutes seules, il me dit qu'il sait que ça fait mal. Il continue. Il me masse, il défait les tensions de mes muscles traumatisés par l'opération. Bientôt je pourrai dormir à nouveau sur le dos.

À côté de ma chambre il y a une jeune fille italienne qui attend une greffe cœur-poumon depuis plus d'un an. Sa porte est toujours fermée, demain si j'ai le courage, je frapperai, j'irai lui dire bonjour, je lui raconterai.

Aujourd'hui je pars pour Paris, je m'imagine que je vais me promener, je vais faire des emplettes, c'est ma sortie. Limousine blanche, l'ambulance fait hurler sa sirène, on roule sur la bande d'arrêt d'urgence de l'autoroute, cela m'amuse. On arrive assez vite pas avenue Montaigne mais gare d'Austerlitz, à l'hôpital de la Salpêtrière. Pas de shopping au programme mais ma première biopsie. On va me prélever un fragment de cœur pour voir s'il tient toujours le choc et si mon corps ne le rejette pas. Mais comment vont-ils faire pour prélever un bout de mon greffon ?

– On va vous faire une anesthésie locale et passer la
sonde par une veine jugulaire, là.

Le docteur désigne mon cou.

Une biopsie par semaine pour scruter au plus près le
moindre signe de rejet. Mon cou sera bleu longtemps,
tuméfié, je demanderai que l'on change d'endroit, mes
biopsies se feront à l'aine.

Les résultats ne sont pas probants, le docteur craint un
rejet et décide de me garder sous surveillance, sous forte
dose d'antibiotiques. Je ne pense pas aux conséquences
d'un rejet éventuel mais uniquement à retourner à Villiers-
Saint-Cast pour ne pas perdre de temps, terminer ma
rééducation et me barrer. C'est mon anniversaire, j'ai
35 ans, Oscar m'apporte un petit gâteau que je lécherai, il
dort avec moi par terre sur un matelas de fortune.

Pas de rejet. J'ai un nouveau médicament, plus effi-
cace, un autre antirejet. On me prescrit du Néorium.
Vaudrait mieux que je le supporte bien puisque je devrai
le prendre à vie.

Je complète ma collection avec une grosse pilule
blanche ovale, la plus grosse de toutes.

De retour à la maison de repos, j'apprends que la
jeune Italienne est décédée dans la nuit. Elle n'a pas pu
attendre, pas de greffon pour ma voisine.

Je vomis mes médicaments.

Le Néorium a des effets secondaires importants que l'on m'avait cachés comme une délicieuse surprise. Je serai prise de tremblements des mains, légers mais quasiment permanents, ma pilosité sera fortement favorisée, notamment celle des bras, du visage et des cuisses, qui se couvriront rapidement d'un duvet châtain touffu, enfin, le soleil m'est interdit car le Néorium, c'est écrit en grand dans la notice, augmente dans la peau le nombre des cellules qui permettent de bronzer – ça, c'est plutôt sympathique, sauf que les risques de cancer en cas d'exposition sont décuplés.

J'espère qu'il antirejette bien ! Quand je regarderai mes bras poilus et tremblants de vieil orang-outan j'aurai au moins la satisfaction de savoir que mon cœur est toujours bien collé.

On me prescrit également de la cortisone à forte dose. Elle compense l'absence d'un deuxième antirejet que je devrais prendre mais qui est incompatible avec ma trithérapie. Je retiens l'eau, mon visage est gonflé, élargi, j'ai des poches sous les yeux et sur les paupières et mon ventre reste rond.

Tout le service est triste du décès de ma voisine. Ils s'étaient habitués à elle, ils espéraient, elle était charmante, paraît-il.

Papa tient bon, surveille mes bouchées, mon kiné est tenace et complice, je deviens assidue. Je veux rentrer à la maison avant Noël. Je m'accroche à cette date mieux qu'aux rampes des couloirs, je ne pense qu'à ça, à chaque déploiement de mon torse.

Je rentrerai chez moi au bout de trois semaines et demie, mon greffon a pris, je quitte Villiers-Saint-Cast avec plaisir.

Je passe Noël chez une amie, Sophie, dans l'Est de la France. C'est un joyeux Noël, chaque point de lumière sur la guirlande autour de l'arbre clignote plus intensément qu'à l'habitude. Oscar se repose, Tara a grandi. Je cicatrise.

Oscar reste près de moi, pourtant il semble déjà ailleurs. Il a assez donné, il veut s'occuper de lui, maintenant, j'essaie de comprendre. Il est resté par solidarité, maintenant il veut retrouver sa liberté.

On se séparera au mois de mai, nous ne sommes plus un couple, nous sommes amis. Il part d'un coup. On entamera calmement la procédure de divorce pour que la situation soit claire. On l'explique à Tara.

Mon père s'occupe de clore le compte commun, il n'y a plus grand-chose dessus. Plus de maison. Je vais devoir louer un petit appartement et aller pleurer à Bercy. Ils sont assez gentils d'ailleurs, ils me reçoivent à plusieurs, courtoisement, ils constatent *de visu* ma situation, je n'invente rien, je ne suis malheureusement pas graciée mais ma dette est reportée, rééchelonnée sans pénalité.

Mon père se porte caution pour mon nouveau loyer.

Il faudrait que je retravaille, un téléfilm ou du doublage, je n'ai pas encore la force de faire du théâtre.

Je tourne quelques jours. On me regarde bizarrement, les gens sont surpris, ils ne savaient pas, ils apprennent ma greffe. Mon visage a changé, un peu vieilli, normal.

Je reprends des forces, un peu de poids, je fais encore maigre, mais pas malade.

Mon cousin qui habite sur la Côte d'Azur a des invitations pour monter les marches au Festival de Cannes, j'hésite. J'ai un peu peur, je ne me trouve pas « présentable », mon ventre est toujours gonflé, j'ai ces insupportables cernes de graisse.

Je n'ai rien à y faire, on ne me reconnaîtra pas, cela me fera plus de mal que de bien. Il insiste, il est sûr de lui, j'y vais.

Dans la limousine qui nous amène au bas des marches, je tiens sa main serrée. À peine sortie, les chasseurs d'autographes crient : « Charlotte ! Charlotte ! » Je souris, je suis touchée, ils ne savent pas ce que leurs cris signifient pour moi. Le présentateur m'annonce, il a l'œil. « Et voici la comédienne Charlotte Valandrey ! » Mon nom retentit dans les haut-parleurs. Je signe les papiers tendus, j'attrape les mains, je suis joyeuse, je suis vivante. Sur les marches on s'arrête devant les photographes : « Charlotte ! Charlotte ! » J'ai un grand jupon blanc et un haut sans manches avec vue imprenable sur mes tiges de bras. Une brise légère décoiffe le brushing que je me suis fait dans la petite salle de bains du cousin, je souris, nous sommes main dans la main, l'air est tiède, les flashs crépitent. Je monte les marches à Cannes, la vie continue, la photo est jolie.

Je cherche à voir Dominique, mon agent, j'aimerais qu'il constate que je remonte la pente, que la greffée est encore active et glamour. Cannes n'est pas le bon endroit, il est très occupé, invisible. J'emmène mon cousin dans une soirée où Dominique devrait être, au bord de la mer entre Cannes et Juan-les-Pins.

En arrivant, je croise dans la pénombre cet acteur américain qui tient par le bras comme en laisse un autre acteur américain encore plus connu que lui. On me présente en anglais, Charlotte Valandrey, jeune actrice – c'est gentil –, on appuie mon nom en sous-entendant que je suis connue, je souris poliment. Elle est défoncée, la star US, soufflée, en nage. Elle me regarde comme si j'étais un truc à bouffer. L'assistant me tend une carte de visite, ils organisent à Bruxelles un grand casting pour je ne sais quoi, ils cherchent de jeunes actrices. Ça, c'est clair. L'acteur derrière lui tremble et bave, il est perdu et se cramponne à la main de l'autre.

– On y va, Charlotte ?!

Mon cousin me prend par le bras. Je ne trouverai pas Dominique, tant pis, je le verrai à Paris.

Chez moi, je m'ennuie. Je fais quelques doublages par-ci par-là, pas de tournage en vue, pas de projet. Je lis beaucoup, je suis bouleversée par un essai sur les camps de concentration, subjuguée par cette incroyable capacité de résistance des survivants. Je me souviens d'avoir interrogé mon père une fois sur son enfance, dont il ne parlait jamais. Il avait répondu qu'il avait vu, enfant, un film sur la Shoah, *Nuit et brouillard*, et que cela l'avait marqué pour le reste de sa vie. Certains spectacles ont des résonances qui nous dépassent. C'est une des rares choses que je sache sur les émotions de mon père.

Juillet est un mois noir. Je suis seule. Totalement. J'ai vécu cinq ans avec Oscar, cinq années de sa présence permanente. Je m'étais habituée à lui, j'étais convaincue que je ne serais jamais plus seule.

Paris s'est vidé, Oscar a emmené Tara en vacances, il a une nouvelle amie. Comme on est vite oubliée ! Comme on passe facilement de bras en bras, interchangeable... Moi qui me rêvais unique, amoureuse indispensable.

Je n'ai aucun projet, je n'aurai pas de rentrée. Je passe d'une pièce à l'autre. Je me traîne. L'appartement que je viens de louer est en chantier. Je ne m'y sens pas bien, pas protégée. Les travaux sont bruyants, il n'y a que mon téléphone qui ne fait pas de bruit. Je ne vois pas d'issue. Rien n'avance. Je vais mieux mais mon corps ne change pas, pas assez vite. Je pensais que tout reprendrait comme avant, mais non. Je suis marquée, diminuée. On ne veut plus de moi. J'ai des idées noires. Je pense à sauter par la fenêtre, je le dis à ma psy qui se moque un peu de moi, ne cède pas à mon désespoir et me dit : « Eh bien, allez-y ! Tout ça pour rien, c'est idéal, non ? » Je lui demande une adresse où je pourrais peut-être aller le temps de retrouver un meilleur moral. Elle me donne un nom mais me convainc de rester chez moi, de faire des efforts, elle dit que je m'en sortirai.

Juillet passe. Je retrouve ma fille et l'emmène passer la fin de l'été en Bretagne, au Val-André. Je vais aller danser sur la plage avec Tara, je me l'étais promis.

Ma petite Mercedes tient bon. Il y a des voyants qui s'allument parfois, ça doit faire au moins deux ans que je ne l'ai pas amenée au garage, je préfère dépenser l'argent qu'il me reste pour Tara, des massages ayurvédiques qui me détendent ou pour consulter mon naturopathe.

J'ai rencontré Loïc sur la plage du Val-André. Éclaircie sur mon été sombre.

Il est animateur pour enfants au miniclub, beau jeune homme au corps gracile, bronzé par le soleil salin qui donne ce cuivre mat. Il me regarde furtivement, me sourit, gêné. Je vais vers lui, lui ne serait pas venu. Je lui parle pendant que ma fille saute sur le trampoline comme du pop-corn.

– Maman, regarde ! Moi, pas lui...

Elle ne l'aime pas, elle me tire par le bras lorsque je tourne la tête pour l'apercevoir encore avant de partir.

Tara a 4 ans et me protège déjà.

Loïc a ce visage émacié, ces joues tendues, celles de mon père. Cet air de famille que l'on recherche.

Il est timide. Je suis Charlotte Valandrey, amaigrie, mais Charlotte, il me connaît et me sourit de temps en temps.

On fait la causette, je lui parle du temps qui va peut-être se lever, des progrès de ma fille. Lui m'apprend qu'il est parisien, étudiant tardif qui occupe ses vacances. Il me raconte son attachement aux enfants, il n'en a pas – peut-être avec moi, pensé-je ! Je vais plus vite que la musique, je le sais, je n'ai pas changé, je précipite la vie, je n'ai pas le temps.

Je lui propose de prendre un verre, il accepte. On va sur la digue, celle de mon enfance. Tara joue devant nous. Il me parle de lui, de ses contrastes, ses complications, son père est malade. Il est plus jeune que moi, dix ans, une vie. Il a des cicatrices au bras que je n'explique pas.

La mienne est en plein milieu du torse, un zip sur mon cœur, c'est plus facile pour l'attraper. Elle est jolie, ma cicatrice, comme je l'avais demandé. C'est un long trait régulier, blanc, fin, vertical, qui ne bronzera jamais. Je la porte comme un bijou tribal.

Le jour part, j'appelle Tara, on se dit au revoir, je rentre.

Le soir, son image m'entête. Mon cœur neuf et vide se remplit un peu. Il est beau et mystérieux, l'animateur du miniclub... Je dormirai bien. Je le reverrai demain, je suis contente. Je le verrai chaque jour au miniclub jusqu'à la fin de la semaine. Je reste un peu avec lui en déposant Tara, je reviens la chercher bien avant l'heure. Il me parle volontiers, me fait la bise maintenant quand je pars, il me charme. Il porte une tristesse permanente, décalée sous le ciel radieux de cette fin d'été.

L'inviter une deuxième fois ? Non, ça ne se fait pas.

Je rentre à Paris, le cœur pincé. Il a mon numéro de portable. Il me suivra de peu, l'été est fini. Il rentrera au Plessis-Robinson.

J'ai appelé Loïc, je ne tenais pas. Je reconnais cet entêtement qui naît en moi, d'abord calme et sournois puis violent. Nous nous verrons aux Halles. On parle davantage, je commence à le connaître. Il est né breton, un peu vagabond.

On se voit une autre fois. Je lui parle de mon métier d'actrice, il me caresse la main en me disant qu'il ne supporterait pas de voir sa femme dans les bras d'un autre.

Puis il m'embrasse pour la première fois, lentement, longtemps comme pour rattraper ces semaines passées. Ce soir-là, à la lueur de ses yeux baissés, j'ai décidé que c'était lui l'homme de ma nouvelle vie.

Je me suis transformée en chevalière qui part à l'assaut. Je l'ai appelé sans cesse, lui un peu. J'ai fait des ronds autour de chez lui dans ma petite Mercedes. Un soir, sans nouvelles de lui, j'ai sonné à l'improviste sans heure. Je lui ai offert un beau sourire qui neutralise, je sais faire, j'ai ouvert une large bouche qui remonte sur mes joues et fait plier mes yeux. Il a souri aussi et m'a fait entrer, ouf.

Plusieurs heures on a refait le monde, le sien surtout.

Je me sentais bien, apaisée. Il me prenait la main et devenait important. Je lui ai parlé de ma santé, de mes bras, de mes jambes, de mon look de femme de Popeye, de ma dysmorphie graisseuse.

J'appréhende toujours ce moment où il faut dire ma vérité par respect ou par amour, où il faut expliquer la prise des smarties à heure fixe. Ce n'est jamais le bon moment. Jamais. Il a répondu un tendre «pas de problème» et m'a embrassée à pleine bouche. Il s'est frotté à moi, excité, je l'ai caressé, il a joui. J'étais heureuse. Je pensais, il n'y a vraiment pas de problème, alors.

Pourtant, depuis, Loïc se fait silencieux. Il ne répond pas aux appels, juste quelques bribes empêtrées, il évite les rendez-vous.

Premier geste du matin, j'écoute mon portable. «Vous n'avez pas de nouveau message», dit l'insupportable conne synthétique. Pas de nouveau message... Cruauté moderne.

Avant, on espérait toujours avoir été injoignable.

Maintenant, on l'est, joignable, à portée de main. Dans toutes les villes, toutes les chambres, tous les bras, on est joignable tout le temps. C'est mathématique, le contraire de la vie, c'est moderne.

Pas de nouveau message, Loïc ne m'a pas appelée. Il ne veut pas me voir. Pourtant il faut que je le revoie, encore une fois, c'est vital. Je veux revoir ses yeux qui promettent, je veux relever sa tête baissée d'enfant qui ne croit en rien, tenir ses mains douces, le sentir là encore, comme la vie possible près de moi.

«Tu crois qu'on peut voir l'âme des hommes dans leurs yeux?» lui avais-je demandé. «Non, c'est des conneries.»

Moi, j'avais lu dans ses yeux que peut-être il m'aimait, je me suis trompée.

Je veux le voir pour dire au revoir, pour scruter le geste d'amour qui ne viendra pas, vivre l'espoir une dernière fois puis couper net, se convaincre qu'il faut partir, se laisser, que c'est mieux comme ça. Pourtant, partir, c'est violent. Absurde parfois. Partir pour quoi ? Qui d'autre ?

La psy m'a dit aujourd'hui :

– Ce garçon que vous connaissez à peine nourrit chez vous ce désir masochiste, ce besoin d'éprouver l'amour jusqu'à souffrir. Ne voyez-vous pas que plus il vous délaisse plus vous l'aimez ? Vous êtes incorrigible !

C'est vrai. Je n'ai pas connu d'amour sans douleur. Elle m'attire, la douleur. Elle me ravive.

Je vais me corriger, si, si, corrigible, elle se trompe, la psy.

Je continue d'attendre Loïc, je me bats contre moi-même. Je ne me fais pas à son silence. Je laisse un dernier message. Il rappelle !

– On se voit demain, je t'embrasse fort.

Demain arrive et rien ne se passe. J'espère tellement que le téléphone sonne que j'entends des bips suraigus à peine audibles dans la télé, par la fenêtre, dans le silence. Je rêve qu'il m'appelle. Saura-t-il le mal d'attendre ? Chaque fraction de temps comme un bonheur en moins.

Ces heures qui tournent à vide. C'est quand, demain ? Il a dit qu'on se verrait. Que fait-il ? Comment peut-il s'imaginer sans moi ? Pourquoi n'appelle-t-il pas, pourquoi me fait-il ça ? Quel jour sommes-nous ? C'est quand, le bonheur ? La prochaine fois, la prochaine date désormais ? J'ai la tête dans tous les sens, je me fatigue, je vais dormir.

Loïc m'a envoyé un texto : « Faut que je te parle, *call me.* »

Je n'aime pas cette utilisation de l'anglais affectée, ridicule.

Je *« call »* donc. Il est gêné, il sait que j'ai attendu, il sait tout. Rendez-vous à la gare Montparnasse où il passera l'après-midi, on « s'expliquera ».

Ma voiture automatique ne dépasse pas le 30 kilomètres à l'heure, comme une auto tampon. Elle ne veut pas aller à Montparnasse, je cherche des signes quand je ne suis sûre de rien. Des signes, j'en ai plein le tableau de bord qui clignote non-stop. Cette fois, je découvre une nouvelle mention, « aller à l'atelier ». Pas de fric, pas d'atelier. Elle roule quand même, ma Merco, j'arrive, il est là. Qu'il est beau !

La beauté me fascine, elle me rassure, comme les traits réguliers des poupées réconfortent les petites filles. Il porte un pantalon de l'armée, un blouson de jean et un sweat noir près du corps. Sur le cou, son tatouage grimpe comme un lierre bleu.

Ça doit être bien d'être un lierre... un bougainvilliers..

J'ai trouvé mon attaque, « je suis ton bougainvilliers », je rigole, toujours. Mon rire, c'est mon arme douce, une caresse sur moi, un voile soyeux, mon anxiolytique génétique.

Il monte dans la voiture, qu'il baptise immédiatement « ma roulotte ». C'est vrai qu'il y a les restes de la dernière quinzaine de ma vie : un paquet-cadeau paumé sous le siège, un sachet Haribo presque vide, une convocation des impôts, une poupée de Tara et ma pile de PV. J'aime imaginer qu'au cinquantième PV on gagne un truc, un week-end avec le Chef des PV, il doit être plein de sous, il paiera ma révision.

Je ne peux pas veiller sur Tara, prendre soin de moi, faire des approvisionnements rigoureux en Rétrovir, Epivir, Ziagen, être amoureuse et payer mes PV à temps. Pas possible.

Le bougainvilliers sourit de toutes ses fleurs mais Loïc fait la tête. Il n'en peut plus de mes appels, je mets trop de pression, c'est insupportable, il a sa « problématique personnelle », sa libido est inexistante, il doit se concentrer sur ses études, il ne peut pas être distrait. Bref, ça n'est pas possible, il le dit.

À l'intérieur je fane un peu, je suis seule. Je n'ai rien à dire. Je croyais en lui. Loïc m'embrasse sur la joue en souriant une dernière fois. Irrésistible sourire, résidu tenace de séduction qui virevolte sous mes yeux brouillés. C'est la dernière fois que l'on se parle. Il n'appellera plus, moi non plus. Au revoir l'amour. À bientôt.

Je suis invitée en tant que people à inaugurer la saison de ski de Courchevel. Le voyage, l'hôtel, les frais sont payés. Je suis triste, je n'ai rien à faire, j'y vais, cela me changera les idées. J'emmène Marjolaine avec moi, une amie tou jours gaie et gentille. Ce genre d'aventure est plus drôle à deux.

Je me demande ce qu'ils peuvent penser de moi lors-qu'ils m'invitent, les organisateurs. Dans quelle catégorie me classent-ils ? People sympa, pas chère, mignonne, « bon compromis populaire encore jeune et dynamique », comme me disait récemment un responsable de commu-nication qui pensait à moi pour une publicité.

Dans le train on se salue entre people, on échange nos nouvelles. Des projets ? Bien sûr ! Une pièce de théâtre improbable au printemps, une coronographie antirejet dans deux semaines et peut-être une pub pour du jambon, le jambon des stars, évidemment. Rien n'est sûr, sauf ma coronographie. Je suis une people sans travail, c'est assez fréquent. On se raconte tout et n'importe quoi, j'ai tou-jours ces cernes sous les yeux qui me minent, mon agent voudrait que je les fasse enlever. Ils s'en foutent, de mes cernes. « T'as bonne mine ! », « T'as l'air en forme ! » Surprenant quand même... Les gens de mon métier ne s'attardent pas sur les petites déchéances physiques.

Arrivés à Courchevel, tout est blanc, la neige est là. L'hôtel est superbe, luxueux, avec des cheminées en pierre et des meubles en bois clair.

– Bonjour, Charlotte, vous avez fait bon voyage ?

C'est la distribution des chambres. La nôtre est douillette, élégante, plutôt petite, avec vue sur les toits.

À la réception je croise une autre people arrivée la veille qui m'embrasse et me vante l'étendue de sa suite au goût « exquis ». Comme elle articule bien. Elle a une vue superbe sur les cimes enneigées, et la corbeille de fruits exotiques qui l'accueillait était « insensée ».

– C'est trop grand pour moi toute seule ! me confie-t-elle.

Frétillante comme elle est, ce soir, elle aura besoin de lits d'appoint... Je rigole, je la félicite, je passe mon chemin.

– À plus !

Pour m'accueillir j'avais un ballotin de chocolats et en fond sonore les « c'est petit mais super-mignon ! » de Marjolaine.

Ces différences de traitement, ces petites humiliations me blessent. Je me sens minable. Le voyage, les people m'ont fatiguée, je n'ai pas encore pris mes médicaments, la gare Montparnasse me poursuit. Je suis vulnérable, je pleure, Marjolaine est surprise, elle ne comprend pas :

– Tu n'es pas contente ? Tu veux quelque chose ?

Je ne veux pas qu'on me rappelle ma classe de people comme un matricule, qu'on me foute en pleine gueule ma cote en baisse. Qu'on me laisse tranquille ! Qu'on me gâte un peu, je le mérite.

Je me mets en boule sur le lit, je prends ma peluche et essaie de dormir.

Le lendemain à la réception, je demande si, à tout hasard, il n'y aurait pas de chambre plus grande. J'ai peur qu'on me confirme – avec cette méchanceté que peuvent avoir parfois certaines personnes qui vous font payer d'être connue – que malheureusement les chambres plus grandes ne sont pas disponibles. J'imagine : « Mais non ! Toi, c'est la petite chambre, la suite, c'est pour celle qui sort de la Ferme Célébrités, toi on t'a pas vue depuis des mois, tu fonds à vue d'œil et tu veux une suite ? »

Non, j'avais peur pour rien, le garçon est gentil. « Mais bien sûr, mademoiselle, je vais me renseigner, il n'y a rien tout de suite mais peut-être en fin de journée... »

Nous aurons une suite, je n'en demandais pas tant !

Mon deuxième jacuzzi a fait de moi un ravioli vapeur que rien n'affole. J'ai eu la bonne idée de verser deux flacons de bain moussant de marque dans la large baignoire à remous. Ça me rappelle les soirées mousse du Queen. Je disparais sous les bulles, je suis à deux doigts d'appeler à l'aide, j'imagine l'annonce : « Charlotte Valandrey se noie dans son jacuzzi », chic mais indigne d'une Bretonne ! Je ris fort et patauge, je joue au bon-homme de mousse. Tara me manque, ma nénette.

Le téléphone sonne, nous avons rendez-vous à la réception pour dîner à 20 h 30.

Je dîne à côté d'un représentant officiel de la ville, charmant, il a beaucoup aimé *Rouge baiser* et m'appréciait dans *Les Cordier*. Il vante « mon dynamisme, ma joie de vivre, mon franc-parler ». Je le remercie, il met la barre haut pour ce soir.

Les gens confondent assez facilement la fiction et la réalité.

Après dîner, nous avons rendez-vous en boîte de nuit.

Le carré VIP est déjà plein de VIP très joyeux, agités, tant mieux. Ce soir je serai légère, super-people. Je souris à tout-va et prie pour que cette lumière irrégulière ne donne pas à mes cernes des airs d'Halloween. Je m'amuse toute seule.

Marjolaine est en forme, en chasse. Elle trouvera, c'est sûr, l'ambiance est bonne, la musique aussi.

– Un Coca light, s'il vous plaît !

Pas d'alcool mais je fume, c'est inconscient, je sais. Un peu d'amour et j'arrêterai.

La nuit avance, les mots sont délicieusement super-ficiels. Non, je n'ai toujours pas de projets. Quand je dis ça, j'ai l'impression que c'est une grossièreté, que je formule le pire qui puisse arriver à une actrice. Pas de projet, je ne suis pas désirée, je ne vais quand même pas mentir pour faire joli !

J'ai signé un autographe sur un prospectus de la boîte, cela m'a fait plaisir, surtout à côté de la Ferme Célébrités à qui le beau garçon n'a rien demandé, petite vengeance de femme. Il a même insisté pour m'embrasser sous le regard alerte du vigile.

– T'es super-craquante ! m'a-t-il hurlé dans ce déluge de watts avant de repartir dans la fosse.

C'est vrai, je craque régulièrement.

Je rentre me coucher seule, Marjolaine est occupée. Je vais dormir, faire de beaux rêves.

Au matin, à 9 heures pile, je me dirige vers ma boîte à médicaments. Il en manque. Impossible ! Si ! Je ne trouve pas le Rétrovir. J'en avais pourtant deux boîtes pleines. Elles ont dû rester sur la table, je suis partie si vite ! C'est la première fois que cela m'arrive. Je panique, je tremble, je réveille Marjolaine, il me faut du Rétrovir. La seule pharmacie de garde ce dimanche a du 250 mg, il me faut un cachet de 100 mg. La boîte vaut une fortune, je n'ai pas mes ordonnances, les comprimés ne sont pas sécables. Le docteur Rozenbaum que je joins sur son portable me répond gentiment qu'il vaut mieux ne rien prendre plutôt qu'une surdose. On appelle quelques pharmacies alentour, rien ! On ne rentre que demain, j'ai besoin de trois cachets de 100 mg. Ma seule chance, c'est l'hôpital, me dit-on, à 50 km. Je trouve une voiture, Marjolaine m'accompagne.

Nous arrivons directement au service des urgences. Je demande les maladies infectieuses.

– Au 4ᵉ étage dans l'autre bâtiment, vous n'y êtes pas du tout !

Je passe par l'intérieur, redescends, remonte, je me perds, je redemande mon chemin, j'arrive. Je croise un homme qui doit être jeune, en pyjama, il marche au ralenti, son visage est creusé, taché, sa bouche est sèche. Je lui souris, je continue. L'infirmière rechigne à me donner mes trois comprimés pour aujourd'hui et demain matin, c'est de ma faute, je devais faire attention. J'insiste, je la prie :

– Donnez-moi mes médicaments, s'il vous plaît !

Elle hésite.

– S'il vous plaît !

Elle accepte. Je suis choquée. J'ai l'impression d'avoir mendié ma vie.

Je croise à nouveau le monsieur en pyjama dans le couloir. Il me fait un signe, il m'a reconnue, je m'approche :

– Je suis venue chercher du Rétrovir, ça n'a pas été facile ! lui dis-je.

Son visage s'éclaire, je l'embrasse, je file, je me perds dans ces couloirs qui tournent toujours dans le même sens, ivre de cette odeur familière des corps que l'on soigne, des sols désinfectés.

Nous rentrons à People Land.

Dans la voiture je ne peux me défaire de l'image ralentie du monsieur, de cette odeur d'éther, encens d'hôpital.

De retour à Paris, je retrouve ma routine quotidienne, mon inactivité forcée.

Hier soir j'ai accompagné mon agent à une première de film. Dominique m'a sortie. Il s'est entretenu pendant de longues minutes avec une réalisatrice influente avec qui j'ai travaillé il y a plusieurs années. Elle sait tout de moi. Elle ne m'a pas adressé la parole, juste un bonjour rapide obligé. Je n'existe plus. On ne me demande même pas comment je vais, tout le monde s'en fout. J'avais appelé une amie commune pour qu'elle intercède auprès d'elle. J'avais appris qu'elle préparait un téléfilm et je me demandais s'il n'y avait pas un petit rôle pour moi. Pas de réponse.

Il semble que seuls le succès ou la possibilité de succès intéressent. Rien n'est gratuit. La charité, la générosité sont gardées pour le Sidaction.

J'appelle mon agent plusieurs fois par jour, je l'embête, il est patient, il me connaît depuis longtemps. Je compte sur lui.

J'ai pris rendez-vous avec un chirurgien esthétique à la Salpêtrière, spécialisé dans les interventions postopératoires. Je lui parle de mes cernes et de mon ventre. Pour les cernes c'est possible, pour le ventre il ne pourra le réduire que de moitié. Je dois faire de la gymnastique.

En partant je croise le jeune docteur Raoux qui me reconnaît. Il était interne en réanimation à l'hôpital Saint-Antoine. Il prend de mes nouvelles, il est content de me voir en forme. Je suis heureuse de le revoir aussi, je me souviens de sa gentillesse, de sa voix douce, du temps passé près de moi. Il me parle de la même façon, rassurante, il doit être bon docteur, il est cardiologue maintenant. Il s'insurge d'apprendre au fil de la conversation que je fume.

– Vous ne pouvez pas savoir le mal que vous vous faites !

C'est gentil de s'inquiéter de moi. Je file, je reviendrai peut-être écouter les bons conseils du rassurant docteur Raoux.

Dans le magasin Tod's où je vais flâner pour voir les nouveaux modèles, les vendeuses m'ignorent. J'ai l'impression d'être invisible. J'ai envie de hurler : «Je suis séropositive et greffée et tu ne me demandes même pas ce que je veux ?!»

Ce week-end j'ai la garde de Tara. Je perds confiance en moi, je me demande ce que je vais bien pouvoir faire pour intéresser ma fille, pour qu'elle ne s'ennuie pas avec moi, suis-je intéressante ? Je panique un peu, il pleut sans arrêt, qu'est-ce qu'on va bien pouvoir faire ? J'irai chez Bonpoint lui acheter un cadeau, je louerai un dessin animé, on ira au cirque du Soleil.

J'appelle mon cousin, il me rassure, il est drôle, toujours confiant.
J'appelle mon père aussi, il me manque, en ce moment, je le laisse un peu tranquille vivre sa vie d'homme marié.

Chez Bonpoint, j'ai un peu honte de ne pouvoir acheter qu'une jupe à ma fille, c'est cher mais tellement joli. Je repense à toutes ces fringues que j'achetais sans compter, ces fringues que j'ai données, jetées, perdues.

Avant que Tara n'arrive, je fume une dernière cigarette. Je fume toujours. Je me dis qu'il ne me peut plus rien m'arriver maintenant, rien de pire, c'est ma logique imbécile. Faudrait que j'arrête. J'ai de plus en plus souvent mal à la tête. Ma mère et ma sœur étaient migraineuses, pas moi. Je dois faire attention, écouter mon corps, j'ai l'habitude qu'il dise stop quand il n'en peut plus.

Lorsque Tara arrive, je la serre dans mes bras. J'ai mis du temps à pouvoir le faire, à l'embrasser fort, à apprivoiser ma peur. Elle est heureuse de me voir, elle aime sa jupe. Elle regardera le dessin animé dans un parfait silence, elle rend les choses faciles.

Il faut que je calme mes peurs, une fois pour toutes, que je les transforme en énergie comme le plomb en or

Il faut que je travaille, cela me redonnera confiance.

J'ai été contactée pour un enregistrement de quelques minutes pour les bonus de *Rouge baiser*, qui sort en DVD.
On viendra me chercher. Nous avons rendez-vous dans un restaurant de l'Odéon. Je suis heureuse de revoir Lambert qui m'embrasse gentiment et s'inquiète de ce que je deviens. Je lui parle de ma greffe, il est attentif, touché. Nous nous remémorons le tournage, nous rions, il dit ne pas comprendre l'intérêt pour le public de voir nos gueules fatiguées vingt ans après !
Pendant l'interview, il complimente mon jeu d'actrice, ma justesse et ma capacité d'émotion. Il ne me l'avait jamais dit. En partant, il m'envoie un baiser et me regarde quelques secondes avant de tourner le dos. Il semble ému. Quand se reverra-t-on ? Dans vingt ans ?

Une ronde jaune, deux rondes bleues, une rose ovale avec un trait noir, une rose ovale avec un trait blanc, une marron rectangulaire avec un motif gris, une translucide avec de la poudre mauve brillante à l'intérieur. trois rondes blanches toutes petites et une blanche grosse comme une fève.

21 h 20 sur la pendule du four.

J'ai pris mes médicaments avec vingt minutes de retard.
C'est pas bien, je le sais. Pourtant ces vingt minutes sont mon moment d'insouciance, de liberté.
Pendant vingt minutes, je deviens une rebelle de la posologie, je pense que ma vie est normale, comme tout le monde, j'oublie.

Je pourrais prendre de la vitamine C parce que c'est l'hiver, du magnésium pour le stress ou des coupe-faim pour filles.
Non, moi c'est chaque jour vingt-trois pilules, jours ouvrables et fériés, dimanche, Saint-Valentin, été comme hiver, Noël et premiers jours de printemps.

Pour voir la vie en rose et sourire régulièrement j'ai un nouveau comprimé, puis le soir, pour dormir doucement sans peur du lendemain, une autre pilule « à prendre si besoin ».

Il n'est pas question d'oublier, pas de fantaisie artistique, de matinées tardives, d'amours paresseuses, il faut se réveiller, rentrer prendre mes médocs, s'excuser au restaurant, traverser Paris quand je les oublie, les avoir en voyage, en exil comme en fugue, partout, sur moi, à vie.

Le rituel du médicament est invariable. Je les compte avec la précision d'une chimiste qui dose sa formule. J'agis avec une parfaite rigueur. Je concentre mon regard sur les couleurs, les noms, les formes, je les connais par cœur. Rien n'existe autour de moi que cette corbeille comme une boîte à bonbons.

Je veille au stock restant, au nombre de petites cloques de plastique vides enfoncées par mes doigts sur chaque barrette. Ma main fouille les boîtes, je tremble vite s'il en manque, si je ne trouve pas assez rapidement le médicament que j'ai en tête. J'ai du mal parfois à avaler la fève, on dirait un médicament vétérinaire. Les laboratoires doivent penser en terme de taille moyenne de gorge. La mienne est fine comme celle d'une enfant.

Mes médocs sont mes bienfaiteurs et mes boulets miniatures. Pas le choix, ils me ramènent deux fois par jour à mon état.

Je n'échappe pas au rappel quotidien que ma vie est fragile, que mon corps est dépendant.

– **C'**est dur, c'est vachement dur, ce que je vis, ce que j'ai vécu...

Pour la première fois je me suis autorisée à me plaindre face à une thérapeute. Je ne me suis jamais plainte.

Dur de voir mon corps changer, dur de ne pas savoir si je pourrai payer mon loyer dans six mois, dur mon portable qui ne sonne plus. Elle ne s'attendrit pas. Elle est dure aussi, mais elle, c'est thérapeutique. Elle approuve mon constat. Elle trouve que je progresse, que je commence à accepter ma réalité. Pour elle c'est la clé, la seule façon d'avancer. Accepter et ne plus fuir.

Je me passionne pour le yoga, que j'ai découvert, pour ces chansons en sanskrit que je répète en boucle les bras tendus pour vider ma tête. Cela me calme, j'ai moins peur, de moi, de l'avenir. Je n'exprime que le bon, je me fais du bien. Tout ira bien.

Je prie souvent, je veux trouver le sens de tout ça. Il existe forcément. Je veux prendre le temps de m'aimer. Je veux m'inscrire dans le temps, je veux construire. Je prie pour être généreuse, authentique, pour retrouver l'altruisme des Noël passés avec papa à la crypte de l'église du Saint-Esprit.

Dominique m'a laissé un message, il parle d'une pièce de théâtre, je devrais rencontrer le metteur en scène bientôt. Jeudi et vendredi j'ai deux jours de doublage.

Aujourd'hui, mon masseur m'a félicitée pour ma prise de muscles sur mes bras et mes jambes. Je fais du rameur avec assiduité, chez moi, chaque semaine deux minutes en plus, je m'accroche. Mon cousin me fait rire :
– Tu rames de plus en plus, Charlotte !

L'amour me manque.

J'ai l'impression d'avoir attendu l'amour toute ma vie.

Je suis impatiente. Je brûle le temps, je suis pressée d'arriver au rendez-vous de l'amour. L'amour, c'est l'Autre, les autres, mon père, ma mère, ma fille, ma coiffeuse, le serveur qui ne voit que moi, mon voisin qui aime tant mon rire.

Je n'en ai jamais assez.

Je veux qu'on m'aime, qu'on me le dise, le crie, le répète.

Que l'amour brille dans les yeux, danse dans un sourire, qu'on me caresse jusqu'au bout, jusqu'à m'user.

D'où vient ce goût de l'amour, cette boulimie tendre et insatiable ? Je ne sais pas. C'est sûrement ma nature.

J'ai attendu longtemps avant d'entendre «je t'aime», «je-aime-toi» et personne d'autre. L'ai-je un jour entendu ?

Trois mots comme une naissance, une petite bombe au tic-tac inconnu.

«Je t'aime», on me l'a déjà dit, l'amour a été prononcé, finalement.

Mes parents m'ont aimée, profondément, silencieusement.

Un amour muet, pudique, paralysé.

L'amour parental n'avait pas de mots, de gestes, il ne se formulait pas, les enfants ne s'enlaçaient pas. C'était comme ça comme un handicap, une tradition vécue et perpétuée.

Moi, je voulais des bisous, des chansons, de la fougue pour y croire, ça n'a pas changé.

Le silence, la neutralité douce, les phrases monocordes et les comportements conventionnels de mes parents étaient comme un bandeau sur leur bouche. Un barrage au flot de l'amour, et je n'ai jamais su la vraie température de l'eau.

Alors j'ai couru l'amour, comme on cherche un trésor, comme on se cherche, on n'existe pas avant «je t'aime»

Je cours encore.

Coupable de rien !

J'ai trouvé la formule, aujourd'hui chez ma thérapeute.
J'ai exprimé ma culpabilité pour la première fois. J'ai
pleuré, des larmes lourdes venues du tréfonds de moi-
même.

C'est exactement ça. Je ne suis coupable de rien.
Charlotte innocente ! Voilà pourquoi je suis en vie, pourquoi je dois continuer. Voilà pourquoi je dois faire taire ce
diablotin sur mon épaule qui m'incite toujours à casser
mon bonheur, à me nuire, à me faire payer. Mais payer
quoi ?

Pas coupable ! Pas coupable d'avoir été contaminée en
aimant, pas coupable d'avoir été choisie parmi mille pour
faire l'actrice, pas coupable d'avoir aimé la lumière et les
jolies photos de moi, pas coupable d'avoir le cœur grillé,
d'avoir mal aimé ma fille.

Pas coupable ! Il faut que je le répète plus que mes
chansons en sanskrit que je ne comprends pas. Il faut que

je le répète en boucle, éternellement jusqu'à le croire, jusqu'à le vivre, jusqu'à constater l'effet bénéfique, jusqu'à me voir me faire du bien enfin, un peu de bien.

Pas coupable ! Le graver sur ma peau, le relire chaque jour jusqu'à la fin et le faire lire. Continuer de le dire jusqu'à imprégner, remodeler mon *inconscient* tenace, le sabler avec tout ce bon de moi qu'il me refuse de voir, que mon *inconscient*, mon diablotin bien peinard, en prenne enfin plein la gueule, qu'il arrête tout pour toujours, le mal et la peur.

Pas coupable d'avoir été une belle fillette tendrement aguicheuse, pas coupable d'avoir suscité un jour le désir adulte, pas coupable d'avoir cherché l'amour trop tôt, pas coupable d'avoir été chassée de ma maison de vacances, pas coupable d'avoir été amoureuse de mon père parce qu'il était beau, pas coupable de la mort de ma mère, coupable de rien, rien.

Je veux prendre ma deuxième chance, jouir de mon cœur nouveau. Je veux que ma fille soit fière de moi, je veux lui donner l'amour pour qu'elle ne le cherche pas. J'aimerais qu'on voie le bijou derrière mes cernes, la petite femme merveilleuse que je deviens. J'aimerais embrasser mon père et le remercier de tout ce qu'il a fait, lui dire que je l'aime parce que je crois que je ne lui ai jamais dit.
J'aimerais donner, avouer sans honte mon amour de la vie. J'aimerais un autre enfant. J'aimerais voir crever

le VIH. J'aimerais refaire l'actrice, l'amoureuse comme dans *Antonin Artaud.*

J'étais sa Colette, amante aux yeux rouges, fiévreuse, j'avais l'amour dans le sang.

Mon meilleur rôle.

THE END

AU CHERCHE MIDI

Jean-François Carmet
Carmet intime

Gilles Durieux
Jean Yanne
Ni Dieu ni Maître (même nageur)

Patrick et Olivier de Funès
Louis de Funès
Ne parlez pas trop de moi, les enfants !

Annie Girardot
Partir, revenir
Les Passions vives

Florence Moncorgé-Gabin
Quitte à avoir un père, autant qu'il s'appelle Gabin

Martin Monestier
La Callas
De l'Enfer à l'Olympe
Passions et scandales d'un destin grandiose

Édith Piaf et Marcel Cerdan
Moi pour toi

Jacques Pessis
Pierre Dac
Mon maître 63

Loïc Rochard
Brassens par Brassens

Mis en pages par DV Arts Graphiques à Chartres
Imprimé en France par la Société Nouvelle Firmin-Didot
Dépôt légal : août 2005
N° d'édition : 439 - N° d'impression : 75973
ISBN : 2-74910-439-4